ROMANS

ET CONTES

PHILOSOPHIQUES

PAR M. DE BALZAC.

Quatrième Édition,
REVUE ET CORRIGÉE,
ORNÉE DE QUATRE VIGNETTES
DESSINÉES PAR TONY JOHANNOT
ET GRAVÉES PAR PORRET.

LA PEAU DE CHAGRIN

TOME SECOND :

LA FEMME SANS CŒUR (SUITE).
L'AGONIE. CONCLUSION.

PARIS.

LIBRAIRIE DE CHARLES GOSSELIN,

RUE SAINT-GERMAIN-DES-PRÈS, N. 9.

Février 1833.

OEUVRES

DE M. DE BALZAC.

ROMANS

ET CONTES

PHILOSOPHIQUES.

IMPRIMERIE DE A. BARBIER,
Rue des Marais S.-G., n 17.

ROMANS

ET CONTES

PHILOSOPHIQUES,

PAR M. DE BALZAC.

Quatrième édition, revue et corrigée.

TOME SECOND.

———

LA PEAU DE CHAGRIN.

II.

CONTENANT :

SUITE

DE LA FEMME SANS CŒUR. — L'AGONIE.

CONCLUSION.

PARIS.

LIBRAIRIE DE CHARLES GOSSELIN,

RUE SAINT-GERMAIN-DES-PRÉS, N° 9.

M DCCC XXXIII.

LA PEAU DE CHAGRIN.

DEUXIÈME PARTIE.

(SUITE.)

LA FEMME SANS CŒUR.

XXVI.

Le lendemain, vers midi, Pauline frappa doucement à ma porte, et m'apporta... Devine quoi ?...

Une lettre de Fœdora !

La comtesse me priait de venir la prendre au Luxembourg, pour aller, de là, voir ensemble le Muséum et le Jardin des Plantes...

— Un commissionnaire attend la réponse..
me dit-elle après un moment de silence.

Je griffonnai promptement une lettre de
remerciement que Pauline emporta.

Je m'habillai, mais, au moment où, assez
content de moi-même, j'achevais ma toilette,
un frisson glacial me saisit à cette pensée :

Fœdora est-elle venue en voiture ou à pied ?
Pleuvra-t-il, fera-t-il beau ?

— Mais, me dis-je, qu'elle soit à pied ou en
voiture, est-on jamais certain de l'esprit fantasque d'une femme ?... Elle sera sans argent,
et voudra peut-être donner cent sous à un
petit Savoyard parce qu'il aura de jolies gue-
nilles !...

J'étais sans un rouge liard et ne devais avoir
de l'argent que le soir. Oh ! comme dans ces
crises de notre jeunesse, un poëte paie cher
la puissance cérébrale dont le hasard l'a in-
vesti !... En un instant, mille pensées vives et

douloureuses me piquèrent comme autant de dards!...

Je regardai le ciel par ma lucarne. Le temps était fort incertain.

En cas de malheur, je pouvais bien prendre une voiture pour la journée; mais aussi, ne tremblerais-je pas à tout moment, au milieu de mon bonheur, de ne pas rencontrer, le soir, M. de Marivault?... Je ne me sentis pas assez fort pour supporter tant de craintes au sein de ma joie.

Alors, avec la certitude de ne rien trouver, j'entrepris une grande exploration à travers ma chambre. Cherchant des écus imaginaires jusque dans les profondeurs de ma paillasse, je fouillai tout. Je secouai même de vieilles bottes; et, en proie à une fièvre nerveuse, je regardais mes meubles d'un œil hagard. Aussi, comprendras-tu le délire dont je fus animé lorsqu'en ouvrant le tiroir de ma table à écrire que je visitais avec cette espèce d'indolence dans laquelle nous plonge le désespoir, j'aperçus, — collée contre une planche latérale, — tapie sournoisement, — mais propre, brillante, lucide, comme une étoile à son lever, — une belle et noble pièce de cent sous !... Ne lui demandant pas compte de son silence, de la cruauté dont elle était coupable en se tenant ainsi cachée, je la baisai comme un ami fidèle au malheur, exact à nous consoler, et je la saluai par un cri...

Ce cri trouva de l'écho. Surpris, je me retournai brusquement et vis Pauline toute pâle...

— J'ai cru, dit-elle d'une voix émue, que vous vous faisiez mal !.... Le commissionnaire...

Elle s'interrompit, comme si elle étouffait.

— Mais ma mère l'a payé !... ajouta-t-elle.

Puis elle s'enfuit, enfantine et follette comme

un caprice. Pauvre petite!... Je lui souhaitai mon bonheur. En ce moment, il me semblait avoir, dans l'âme, tout le plaisir de la terre, et j'aurais voulu restituer aux malheureux la part que je croyais leur voler.

Nous avons presque toujours raison dans nos pressentimens d'adversité... La comtesse avait renvoyé sa voiture.

Par un de ces caprices que les jolies femmes ne s'expliquent pas toujours à elles-mêmes, elle voulait aller au Jardin des Plantes par les boulevards et à pied.

— Mais il va pleuvoir !... lui dis-je.

Elle prit plaisir à me contredire. Par hasard, il fit beau pendant tout le temps que nous marchâmes dans le Luxembourg ; mais, quand nous sortîmes, un gros nuage, dont j'avais maintes fois épié la marche avec une secrète inquiétude, laissa tomber quelques gouttes d'eau. Nous montâmes dans un fiacre et lorsque nous eûmes atteint les boulevards, la pluie cessa. Le ciel capricieux avait repris sa sérénité.

Je voulus renvoyer la voiture en arrivant au Muséum. Fœdora me pria de la garder..... Que de tortures !...

Mais causer avec elle en comprimant un secret délire qui, sans doute, se formulait sur mon visage, par quelque sourire niais et arrêté... Errer dans le Jardin des Plantes, en parcourir les allées bocagères et sentir son bras appuyé sur le mien... Il y eut dans tout cela je ne sais quoi de fantastique : c'était un rêve en plein jour.

Cependant, ses mouvemens, soit en marchant, soit en nous arrêtant, n'avaient rien de doux ni d'amoureux, malgré leur apparente volupté. Quand je cherchais à m'associer en quelque sorte à l'action de sa vie, je rencontrais en elle une intime et secrète vivacité, je ne sais quoi de saccadé, d'excentrique. Les femmes sans âme n'ont rien de moelleux dans leurs gestes. Aussi, nous n'étions unis, ni par une même volonté, ni par un même pas. Il n'existe point de mots pour rendre ce désaccord matériel de deux êtres, car nous ne sommes pas encore habitués à reconnaître une pensée dans le mouvement. Ce phénomène de notre nature se sent instinctivement, il ne s'exprime pas.

Pendant ces violens paroxismes de ma passion, reprit Raphaël après un moment de silence, et comme s'il répondait à une objection qu'il se fût faite à lui-même, je n'ai pas disséqué mes sensations, analysé mes plaisirs, ni supputé les battemens de mon cœur, comme un avare examine et pèse ses pièces d'or..... Oh! non, l'expérience jette aujourd'hui ces tristes lumières sur les événemens passés, et le souvenir m'apporte ces images, comme les flots de la mer restituent capricieusement à la grève, par un beau temps, les débris d'un naufrage.

— Vous pouvez me rendre un service assez important, me dit-elle en me regardant d'un air confus ; et, après vous avoir confié mon antipathie pour l'amour, je me sens plus libre, en réclamant de vous un bon office au nom de l'amitié... N'aurez-vous pas, reprit-elle en riant, beaucoup plus de mérite à m'obliger aujourd'hui...

Je la regardais avec douleur. N'éprouvant rien près de moi, elle était pateline et non pas affectueuse. Elle me paraissait jouer un rôle en actrice consommée ; puis, tout à coup son accent, un regard, un mot réveillaient mes espérances... Mais si mon amour ranimé se peignait, alors, dans mes yeux, elle en soutenait les rayons sans que la clarté des siens s'en altérât. Ils semblaient comme ceux des tigres avoir été doublés par une feuille de métal. En ces momens-là, je la détestais...

— La protection du duc de N***, dit-elle, en continuant avec des inflexions de voix pleines de câlinerie, me serait très-utile auprès d'une personne toute-puissante en Russie et dont l'intervention est nécessaire pour me faire rendre justice dans une affaire qui, tout à la fois, concerne ma fortune et mon état dans le monde. Le duc de N*** n'est-il pas votre cousin ?..... Une lettre de lui déciderait tout...

— Je vous appartiens, lui répondis-je. — Ordonnez...

— Vous êtes bien aimable !... reprit-elle en me serrant la main. Venez dîner avec moi, je vous dirai tout comme à un confesseur...

Cette femme si méfiante, si discrète et à laquelle personne n'avait entendu dire un mot sur ses intérêts, allait donc me consulter !...

— Oh ! combien j'aime maintenant le silence que vous m'avez imposé !.... m'écriais-je. Mais j'aurais voulu quelque épreuve plus rude encore !....

En ce moment, elle accueillit l'ivresse de

mes regards, et ne se refusa point à mon admiration! Elle m'aimait donc!...

Nous arrivâmes chez elle, et, fort heureusement, le fond de ma bourse put satisfaire le
cocher. Je passai délicieusement la journée,
seul avec elle, chez elle. C'était la première
fois que je pouvais la voir ainsi. Jusqu'à ce
jour, le monde et sa gênante politesse, et ses
façons froides nous avaient toujours séparés,
même pendant ses somptueux dîners. Mais
alors, j'étais chez elle, comme si j'eusse vécu
sous son toit. Je la possédais pour ainsi dire;
et ma vagabonde imagination, brisant les entraves, arrangeant les événemens à ma guise,
me plongeait dans les délices d'un amour heureux. Me croyant son époux, je l'admirais
occupée de petits détails; j'éprouvais même
du bonheur à lui voir ôter son schall, son chapeau. Elle me laissa seul un moment, et revint les cheveux arrangés, charmante... Enfin,
sa jolie toilette avait été faite pour moi!...

Pendant le dîner, elle me prodigua ses atten-
tions.... Oh! comme elle était femme!.... Elle
déployait des grâces infinies dans mille choses
qui semblent des riens et qui, cependant, sont
la moitié de la vie.

Quand nous fûmes tous deux devant un
foyer pétillant, assis sur la soie, environnés
des plus désirables créations d'un luxe oriental, et que je vis, là, si près de moi, cette
femme dont la beauté célèbre faisait palpiter
tant de cœurs, cette femme si difficile à con-
quérir, me parlant, me rendant l'objet de
toutes ses coquetteries, ma voluptueuse félicité devint presque de la souffrance. Me souvenant, pour mon malheur, de l'importante
affaire que je devais conclure, je voulus aller
au rendez-vous qui m'avait été donné la
veille.

— Quoi, déjà ?.. dit-elle en me voyant prendre mon chapeau.

Elle m'aimait!... Je le crus, du moins, en

l'entendant prononcer ces deux mots d'une voix caressante. Alors, pour prolonger mon extase, j'aurais volontiers troqué deux années de ma vie contre chacune des heures qu'elle voulait bien m'accorder. Mon bonheur s'augmenta de tout l'argent que je perdais !...

Il était minuit quand elle me renvoya.

XXVII.

Néanmoins, le lendemain, mon héroïsme me coûta bien des remords. Craignant d'avoir manqué l'affaire des mémoires, devenue si capitale pour moi, je courus chez Rastignac, et nous allâmes surprendre à son lever le titulaire de mes travaux futurs.

M. Marivault me lut un petit acte où il n'était point question de ma tante, et après la signature duquel il me compta cinquante écus. Nous déjeunâmes tous les trois.

Quand j'eus payé mon nouveau chapeau, soixante cachets de dîners à trente sous et mes dettes, il ne me resta plus que trente francs. Mais toutes les difficultés de la vie s'étaient aplanies pour quelques jours; et, si j'avais voulu écouter Rastignac, je pouvais avoir des trésors en adoptant avec franchise le *système anglais*. Il voulait absolument m'établir un crédit et me faire faire des emprunts, prétendant que les emprunts soutiendraient le crédit. Selon lui, l'avenir était, de tous les capitaux du monde, le plus considérable et le plus solide.

En hypothéquant ainsi mes dettes, sur de futurs contingens, il donna ma pratique à son tailleur, artiste, qui, comprenant *le jeune homme*, dut me laisser tranquille jusqu'à mon mariage...

De ce jour, je rompis avec la vie monasti-
que et studieuse que j'avais menée pendant
trois ans. J'allai fort assidûment chez Fœdora,
tâchant de surpasser en impertinence, les im-
pertinens ou les héros de coterie qui s'y trouvaient; et, croyant avoir échappé pour toujours à la misère, je recouvrai ma liberté
d'esprit, j'écrasai mes rivaux, je passai pour
un homme plein lde séductions, prestigieux,
irrésistible.

Cependant les gens habiles disaient en parlant de moi :

—Un garçon aussi spirituel ne doit avoir
de passions que dans la tête !...

Ils vantaient charitablement mon esprit
aux dépens de ma sensibilité.

—Est-il heureux de ne pas aimer! s'écriaient-
ils. S'il aimait, aurait-il autant de gaieté, de
verve !...

Ah ! j'étais cependant bien amoureusement
stupide en présence de Fœdora ! Seul avec

elle, je ne savais rien lui dire ; ou , si je par-
lais , je médisais de l'amour, j'étais tristement
gai , comme un courtisan qui veut cacher un
cruel dépit...'

Enfin, j'essayai de me rendre indispensa-
ble à sa vie, à son bonheur, à sa vanité. J'étais
tous les jours près d'elle, son esclave, son
jouet, sans cesse à ses ordres ; et je revenais
chez moi pour y travailler pendant toutes les
nuits, ne dormant guère que deux ou trois
heures de la matinée.

Mais n'ayant pas , comme Rastignac , l'habitude du système anglais , je me vis bientôt
sans un sou. Alors , mon cher ami , fat sans
bonnes fortunes , élégant sans argent , amoureux anonyme, je retombai dans cette vie pré-
caire, dans ce froid , ce profond malheur soigneusement caché sous les trompeuses apparences du luxe, et je ressentis mes souffrances
premières , mais moins aiguës ; je m'étais fa-
miliarisé sans doute avec leurs terribles cri-

ses... Souvent, les gâteaux et le thé, si parci-
monieusement offerts dans les salons, étaient
ma seule nourriture. Quelquefois, les somptueux dîners de la comtesse me sustentaient
pendant deux jours.

J'employai tout mon temps, mes efforts et
ma science d'observation à pénétrer plus
avant dans l'impénétrable caractère de Fœdora.

Jusqu'alors, l'espérance ou le désespoir
avaient influencé mon opinion, et je voyais
tour à tour en elle, la femme la plus aimante
ou la plus insensible de son sexe; mais ces
alternatives de joie et de tristesse devinrent
intolérables, et je voulus chercher un dénoue-
ment à cette lutte affreuse, en tuant mon
amour. De sinistres lueurs brillaient parfois
et me faisaient entrevoir des abîmes. La comtesse justifiait toutes mes craintes. Je n'avais
pas encore surpris de larmes dans ses yeux.
Au théâtre, une scène attendrissante la trou-

vait froide et rieuse. Elle réservait toute sa finesse pour elle et ne devinait ni le malheur ni
le bonheur d'autrui. Enfin elle m'avait joué !...
Heureux de lui faire un sacrifice, je m'étais
presque avili pour elle, en allant voir mon
parent le duc de N***, homme égoïste qui rou-
gissait de ma misère, et avait trop de torts
envers moi pour ne pas me haïr... Il me reçut
donc avec cette froide politesse qui donne
aux gestes et aux paroles l'apparence de l'insulte. Son regard inquiet excita ma pitié.
J'eus honte pour lui de sa petitesse au milieu
de tant de grandeur, de sa pauvreté au milieu
de tant de luxe... Il me parla des pertes considérables que lui occasionait le trois pour cent.
Alors, je lui dis quel était l'objet de ma visite.
Le changement de ses manières qui, de gla-
ciales, devinrent insensiblement affectueuses,
me dégoûta. Hé bien, mon ami, il vint chez
la comtesse !... il m'y écrasa. Elle trouva pour
lui des enchantemens, des prestiges inconnus,

elle le séduisit, traita sans moi cette affaire
mystérieuse dont je ne sus pas un mot. Enfin,
j'avais été, pour elle, un moyen... Elle paraissait ne plus m'apercevoir quand mon cousin
était chez elle ; et m'acceptait alors avec moins
de plaisir peut-être que le jour où je lui fus pré-
senté. Un soir, elle m'humilia devant le duc,
par un de ces gestes, par un de ces regards
qu'aucune parole ne saurait peindre... Je sortis pleurant, formant mille projets de vengeance, combinant d'épouvantables viols.

Souvent je l'accompagnais aux Bouffons.
Là, près d'elle, tout entier à mon amour, je
la contemplais en me livrant au charme d'é-
couter la musique, épuisant mon âme dans la
double jouissance d'aimer et de retrouver les
mouvemens de mon cœur admirablement bien
rendus par les sons. Ma passion était dans
l'air, sur la scène, elle triomphait partout,
excepté chez Fœdora !

Alors, cherchant sa main, j'étudiais ses

traits, ses yeux et sa chaleur, sollicitant une
fusion de nos sentimens, une de ces soudaines
harmonies qui, réveillées par la musique,
font vibrer les âmes à l'unisson... Mais sa main
était muette et ses yeux ne disaient rien.
Quand le feu de mon cœur, s'émanant de tous
mes traits, la frappait trop fortement au visage, elle me jetait ce sourire cherché, convenu,
qui, phrase classique, se reproduit, au Salon,
dans tous les portraits. Elle n'écoutait pas la
musique!... Les divines phrases de Rossini,
de Cimarosa, de Zingarelli, ne lui rappelaient
aucun sentiment, ne lui traduisaient aucune
poésie dans sa vie. Son âme était aride. Fœdora
se reproduisait là comme un spectacle dans le
spectacle. Sa lorgnette voyageait incessamment de loge en loge. Elle était inquiète, quoique tranquille; et, victime de la mode, sa loge,
son bonnet, sa voiture, sa personne, étaient
tout pour elle. Vous rencontrez souvent des
gens de colossale apparence dont le cœur est

tendre, délicat sous un corps de bronze; mais elle, elle avait peut-être un cœur de bronze sous son enveloppe grêle et gracieuse.

Enfin, ma fatale science me déchirait bien des voiles... Malgré toute sa finesse, Fœdora laissait voir quelques vestiges de sa plébéienne origine et percer la froideur de son âme. Pour avoir ce qu'on nomme bon ton dans le monde, ne faut-il pas savoir s'oublier pour les autres ; mettre dans sa voix et dans ses gestes une ineffable douceur ; eh bien! chez elle, l'oubli d'elle-même était fausseté ; la politesse, servitude; et ses manières manquaient de cette aisance qui procède du cœur et que l'éducation première peut seule suppléer.

Ses paroles emmiellées étaient, pour les autres, l'expression de la bienfaisance et de la bonté; son exagération, de la chaleur, de l'enthousiasme; mais, ayant étudié ses grimaces et dépouillé l'être intérieur de cette frêle écorce dont se contente le monde, je n'é-

tais plus dupe de ses singeries ; je connaissais
bien son âme de chatte, et quand un niais la
complimentait, la vantait, j'avais honte pour
elle... Et je l'aimais toujours !... Et rien de tout
cela ne m'épouvantait ! J'espérais fondre ces
glaces sous les ailes d'un amour de poëte. Si
je pouvais, une fois, ouvrir son cœur aux
tendresses de la femme, si je lui faisais comprendre la sublimité des dévouemens, alors
je la voyais parfaite... Elle devenait un ange...
Je l'aimais en homme, en amant, en artiste,
quand il fallait ne pas l'aimer pour l'obtenir.
Un fat bien gourmé, calculateur, en aurait
triomphé, peut-être !... Vaine, artificieuse,
elle eût sans doute entendu le langage de la
vanité, se serait laissé entortiller dans les
piéges d'une intrigue ; elle eût été dominée
par un homme sec et froid.

Des douleurs acérées entraient jusqu'au vif
dans mon âme, quand elle me révélait naïvement son effroyable égoïsme. Je la voyais ,

avec douleur , seule un jour dans la vie et ne
sachant à qui tendre la main , ne rencontrant
pas de regards amis où reposer les siens... '

Un soir, j'eus le courage de lui peindre,
sous des couleurs chaudes et animées, sa vieillesse déserte, vide et triste. A l'aspect de cette
épouvantable vengeance de la nature trompée,
elle me répondit par un mot atroce :

— J'aurai toujours de la fortune !... Eh bien !
avec de l'or nous pouvons toujours créer autour de nous les sentimens qui sont nécessaires à notre bien-être.

Je me levai. Je sortis foudroyé par la logique de ce luxe, de ces femmes, de ce monde
dont j'étais si sottement idolâtre. Je n'aimais
pas Pauline pauvre ; Fœdora , riche, n'avait-
elle pas le droit de repousser Raphaël ?... Notre conscience est un juge infaillible, quand
nous ne l'avons pas encore assassinée !...

— Fœdora , me criait une autre voix so-
phistique, n'aime ni ne repousse personne.

Elle est libre ; mais elle s'est donnée pour de l'or. Amant ou époux, le comte russe l'a possédée. Elle aura bien une tentation dans sa vie !... — Attends-la !...

Elle n'était ni vertueuse ni fautive ; elle vivait loin de l'humanité, dans une sphère à elle : enfer ou paradis... Mystère femelle, vêtu de cachemire et de broderies, la comtesse mettait en jeu tous les sentimens humains dans mon cœur : orgueil, fortune, amour, curiosité.

XXVII.

Un caprice de la Mode ou cette envie de paraître original qui nous poursuit tous, avait
amené la manie de vanter un petit spectacle
du boulevard; et, la comtesse ayant témoigné le désir de voir la figure enfarinée d'un
acteur qui faisait les délices de quelques gens
d'esprit, j'avais obtenu l'honneur de la con-

duire à la première représentation de je ne
sais quelle mauvaise farce.

La loge coûtait à peine cent sous ; mais,
je ne possédais pas un traître liard. Ayant encore un demi-volume de mes mémoires à
écrire, je n'osais pas aller mendier un secours
à M. Marivault, et Rastignac, ma providence,
était absent.

Cette gêne constante maléficiait toute ma
vie.

Une fois déjà, au sortir des Bouffons, Fœdora m'avait, par une horrible pluie, fait
avancer une voiture, sans que je pusse me
soustraire à son obligeance de parade. Elle
n'admit aucune de mes excuses, ni mon goût
pour la pluie, ni mon envie d'aller au jeu.
Elle ne devinait pas mon indigence dans l'embarras de mon maintien, dans mes paroles
tristement plaisantes. Mes yeux rougissaient :
mais comprenait-elle un regard?... Ah! la vie

des jeunes gens est soumise à de singuliers caprices !...

Pendant le voyage, chaque tour de roue réveilla dans mon âme des pensées chaudes qui me brûlèrent le cœur; j'essayai de détacher une planche au fond de la voiture, espérant me glisser et rester sur le pavé; puis, rencontrant des obstacles invincibles, je me pris à rire convulsivement, et demeurai dans un calme morne, hébété comme un homme au carcan.

Heureusement, à mon arrivée au logis, Pauline, aux premiers mots que je balbutiai, m'interrompit en disant :

— Si vous n'avez pas de monnaie...

Ah! la musique de Rossini n'était rien auprès des paroles prononcées en ce moment par cette jeune fille.

Mais revenons aux Funambules. Pour pouvoir y conduire la comtesse, je pensai à mettre en gage le cercle d'or dont le portrait de ma mère était environné. Quoique le Mont-de-Piété se fût toujours dessiné dans ma pensée comme une des portes du bagne, il valait encore mieux y porter mon lit moi-même que de solliciter une aumône. Le regard d'un homme auquel vous demandez de l'argent fait tant de mal!..... Et il y a des emprunts qui nous coûtent notre honneur, comme il y a des refus qui, dans une bouche amie, nous enlèvent une dernière illusion!...

Je trouvai Pauline travaillant toute seule. Sa mère était couchée. Jetant un regard furtif sur le lit dont les rideaux étaient légèrement relevés, je crus voir madame Gaudin profondément endormie en apercevant, au milieu de l'ombre, son profil calme et jaune imprimé sur l'oreiller.

— Vous avez du souci?... me dit Pauline en quittant son pinceau.

— Écoutez, ma pauvre enfant, lui répondis-je en m'asseyant près d'elle, vous pouvez me rendre un grand service.

Elle me regarda d'un air si heureux que je tressaillis.

— M'aimerait-elle?... me dis-je en la contemplant.

— Pauline?...

Elle leva la tête et baissa les yeux. Alors je l'examinai, pensant pouvoir lire dans son cœur comme dans le mien, tant sa physionomie était naïve et pure.

— Vous m'aimez? lui dis-je.

— Ah! je crois bien!... s'écria-t-elle en riant.

Elle ne m'aimait pas.

Son accent moqueur et la gentillesse du geste qui lui échappa peignaient seulement une folâtrerie de jeune fille.

Alors, je lui avouai ma détresse et l'embarras dans lequel je me trouvais, et je la priai de m'aider à en sortir.

— Comment, monsieur Raphaël! dit-elle, vous ne voulez pas aller au Mont-de-Piété, et vous m'y envoyez!...

Je rougis, confondu par la logique d'un enfant.

— Oh! j'irais bien!... dit-elle en me prenant la main, comme si elle eût voulu compenser par une caresse la sévérité de son exclamation; mais la course est inutile. Ce matin, en faisant votre chambre, j'ai trouvé derrière le piano deux pièces de cent sous qui s'étaient glissées à votre insu entre le mur et la barre, et je les ai mises sur votre table.

— Puisque vous devez bientôt recevoir de l'argent, monsieur Raphaël, me dit la bonne mère en montrant sa tête entre les rideaux, je puis bien vous prêter quelques écus en attendant...

— Oh! Pauline!... m'écriai-je en lui serrant la main, je voudrais être riche!...

— Bah! pourquoi faire?... dit-elle en se-couant la tête par un geste mutin.

Sa main, tremblant dans la mienne, ré-pondait à tous les battemens de mon cœur.

Elle retira vivement ses doigts; puis, exa-minant les miens:

— Vous épouserez une femme riche!... dit-elle. Mais elle vous donnera bien du cha-grin... — Ah! Dieu! elle vous tuera... J'en suis sûre.

Il y avait dans son cri une sorte de croyance aux folles superstitions qu'elle tenait de sa mère.

— Vous êtes bien crédule, Pauline!

— Oh! bien certainement! dit-elle en me regardant avec terreur, la femme que vous aimez vous tuera!...

Puis, elle reprit son pinceau, le trempa dans la couleur en laissant paraître une vive émotion, et ne me regarda plus. En ce mo-

ment, j'aurais bien voulu croire à des chimères !... Un homme n'est pas tout-à-fait misérable quand il est superstitieux ; une supers-
tition est une espérance.

Retiré dans ma chambre, je vis en effet
deux nobles écus dont la présence me parut
inexplicable:

Au sein des pensées confuses du premier
sommeil, je tâchai de vérifier mes dépenses
pour me justifier cette trouvaille inespérée;
mais je m'endormis perdu en d'inutiles calculs !...

Le lendemain, Pauline vint me voir, au
moment où je sortais pour aller louer la loge.

— Vous n'avez peut-être pas assez de dix
francs, M. Raphaël, me dit en rougissant
cette bonne et aimable fille; ma mère m'a
chargée de vous offrir cet argent. — Prenez,
prenez !... ajouta-t-elle en jetant trois écus sur
ma table et se sauvant.

Je la retins ; puis, séchant les larmes qui roulaient dans mes yeux :

— Pauline, lui dis-je, vous êtes un ange.... Ce prêt me touche bien moins que l'admirable pudeur de sentiment avec laquelle vous me l'offrez... Ah ! je désirais une femme riche, élégante, titrée... Eh bien ! maintenant, je voudrais posséder des millions et rencontrer une jeune fille pauvre comme vous, et comme vous riche de cœur, je renoncerais à une passion fatale qui me tuera !... Vous aurez peut-être raison !...

— Assez ! dit-elle.

Puis, elle s'enfuit en chantant, et sa voix de rossignol, ses roulades fraîches retentirent dans l'escalier.

— Qu'elle est heureuse de ne pas aimer encore !... me dis-je en pensant aux tortures que je souffrais depuis quelques mois.

Les quinze francs de Pauline me furent bien

précieux. En partant, Fœdora, songeant aux
émanations populacières de la salle où nous
devions rester pendant quelques heures, re-
gretta de ne pas avoir un bouquet. J'allai lui
chercher des fleurs ; je lui apportai ma vie, et
toute ma fortune !... J'eus à la fois des remords
et des plaisirs, en lui donnant un bouquet dont
le prix me révéla tout ce que la galanterie su-
perficielle en usage dans le monde avait de
dispendieux.

— Merci ! dit-elle.

Bientôt elle se plaignit de l'odeur un peu
trop forte d'un jasmin du Mexique. Puis, elle
éprouva un intolérable dégoût en voyant la
salle, en se trouvant assise sur de dures ban-
quettes. Elle me reprocha de l'avoir amenée
là... Et cependant elle était près de moi... Elle
voulut s'en aller. Elle s'en alla.

M'imposer des nuits sans sommeil, avoir
dissipé deux mois de mon existence et ne pas
lui plaire !... Ah ! jamais ce démon ne fut plus

gracieux et plus insensible. Pendant la route, assis près d'elle, dans un étroit coupé, je respirais son souffle, je pouvais toucher son gant parfumé, je voyais distinctement les trésors de sa beauté; je sentais une vapeur douce comme l'iris : toute la femme et point de femme.

En ce moment un trait de lumière m'illumina cette vie mystérieuse. Je pensai tout à coup à la princesse Brambilla d'Hoffmann, à Fragoletta, capricieuses conceptions d'artiste, dignes de la statue de Polyclès. Je croyais voir ce monstre qui, tantôt officier, dompte un cheval fougueux; tantôt jeune fille, se met à sa toilette et désespère ses amans; puis, amant, désespère une vierge douce et modeste. Ne pouvant plus résoudre autrement Fœdora, je lui racontai cette histoire fantastique. Mais, en elle, rien ne décela sa ressemblance avec cette poésie de l'impossible.

Elle s'en amusa de bonne foi, comme un enfant écoutant une fable des *Mille et une Nuits.*

— Alors, me disais-je en revenant chez moi, pour résister à l'amour d'un homme de mon âge, à la chaleur communicative de ce puissant fanatisme, à cette belle contagion de l'âme, Fœdora doit être gardée par quelque mystère. Peut-être, semblable à lady Delacour, est-elle dévorée par un cancer? Sa vie est sans doute une vie artificielle!

A cette pensée, j'eus froid. Mais bientôt, je formai le projet le plus extravagant et le plus raisonnable en même temps auquel un amant puisse jamais songer. Pour examiner cette femme corporellement comme je l'avais étudiée intellectuellement, pour la connaître enfin tout entière, je résolus de passer une nuit chez elle, dans sa chambre, à son insu.

Voici comment j'exécutai cette entreprise

qui me dévorait l'âme et la pensée comme un
désir de vengeance mord le cœur d'un moine
corse.

XXVIII.

Fœdora réunissait, chez elle, aux jours de réception, une assemblée trop nombreuse pour qu'il fût possible au portier d'établir une balance exacte entre les sorties et les entrées. Assuré par cette réflexion de pouvoir rester dans la maison sans y causer de scandale, j'attendis impatiemment, pour accomplir mon dessein, la prochaine soirée de la comtesse.

En m'habillant, je mis dans la poche de mon gilet, un petit canif anglais, à défaut de poignard. Trouvé sur moi, cet instrument littéraire n'avait rien de suspect ; et, ne sachant pas jusqu'où me conduirait ma résolution romanesque, je voulais être armé : une lame de canif doit bien pénétrer jusqu'au cœur.

Lorsque les salons commencèrent à se remplir, j'allai dans la chambre à coucher, pour y examiner les localités. Les persiennes et les volets en étaient fermés. C'était un premier bonheur. Présumant que la femme de chambre pourrait venir pour détacher les rideaux drapés aux fenêtres, je voulus les faire tomber et lâchai les embrasses. Je risquais beaucoup en me hasardant à faire ainsi le ménage par avance ; mais je m'étais soumis à tous les périls de ma situation, et les avais froidement calculés.

Vers minuit, je vins me cacher dans l'embrasure d'une fenêtre et je m'y tapis dans le coin le plus obscur. Pour ne pas laisser voir mes pieds, j'essayai de les poser sur la plinthe de la boiserie, et de me tenir en l'air le dos appuyé contre le mur en me cramponnant à l'espagnolette. Après une étude approfondie de mon équilibre, de mes points d'appui et de l'espace qui me séparait des rideaux, je parvins à me familiariser avec les difficultés de ma position. J'étais sûr de pouvoir demeurer là sans être découvert, si les crampes, la toux et les éternuemens me laissaient tranquille. Alors, pour ne pas me fatiguer inutilement, je me tins debout en attendant le moment critique pendant lequel je devais rester suspendu comme une araignée dans sa toile. La moire blanche et la mousseline des rideaux, formant devant moi de gros plis semblables à des tuyaux d'orgue, j'y pratiquai des trous avec mon canif et les disposai de

manière à tout voir par ces espèces de meur-
trières.

J'entendis vaguement le murmure des salons, les rires des causeurs, leurs éclats de
voix. Ce tumulte vaporeux, cette sourde agi-
tation diminua par degrés. Puis, quelques
hommes vinrent prendre leurs chapeaux, placés, près de moi, sur la commode de la comtesse. Quand ils froissaient les rideaux, je
frissonnais en pensant aux distractions, aux
hasards de ces recherches faites par des gens
oublieux et pressés de partir... J'eus bon espoir pour le succès de mon entreprise en n'é-
prouvant aucun des malheurs que je craignais.
Le dernier chapeau fut emporté par un vieil
amoureux de Fœdora, qui, se croyant seul,
regarda le lit et poussa un gros soupir, suivi
de je ne sais quelle exclamation assez éner-
gique.

Enfin la comtesse n'ayant plus autour
d'elle, dans le boudoir voisin de sa chambre,

que cinq ou six personnes intimes, leur pro-
posa d'y prendre le thé.

Alors, les calomnies pour lesquelles la société actuelle a réservé le peu de croyance qui
lui reste, se mêlèrent à des épigrammes, à
des jugemens spirituels, au bruit des tasses
et des cuillers. Rastignac était sans pitié pour
mes rivaux ; et, souvent il excitait un rire
franc par ses saillies.

— M. de Rastignac est un homme avec lequel il ne faut pas se brouiller !... dit en riant
la comtesse.

— Je le crois... répondit-il naïvement. — J'ai
toujours raison dans mes haines !... — et dans
mes amitiés, ajouta-t-il. — Mes ennemis me
servent autant que mes amis peut-être!... Puis,
j'ai fait une étude assez spéciale de l'idiome
moderne et des artifices naturels dont on se
sert pour tout attaquer ou pour tout défendre. L'éloquence ministérielle est un perfec-
tionnement social. Un de vos amis est-il sans

esprit, vous parlez de sa probité, de sa franchise; son ouvrage est-il lourd, c'est un travail consciencieux; si le livre est mal écrit,
vous en vantez les idées; tel homme est sans
foi, sans constance, vous échappe à tout moment, bah!... il est séduisant, prestigieux, il
charme... S'agit-il de vos ennemis, vous leur
jetez à la tête les morts et les vivans; puis,
vous renversez les termes de votre langage; et
vous êtes aussi prespicace à découvrir leurs
défauts que vous êtes habile à mettre en relief les vertus de vos amis. Cette application
de la lorgnette à la vue morale est le secret de
nos conversations, et tout l'art du courtisan.
— N'en pas user, c'est vouloir combattre sans
armes des gens bardés de fer comme des che-
valiers bannerets. — Et — j'en use... j'en abuse
même quelquefois. — Aussi l'on me respecte,
moi et mes amis...

Là-dessus, un des plus fervens admirateurs
de Fœdora, jeune homme dont l'impertinence

était célèbre et qui s'en faisait même un moyen de parvenir, releva le gant si dédaigneusement jeté par Rastignac; et, parlant de moi, se mit à vanter outre mesure mes talens et ma personne. Rastignac avait oublié ce genre de médisance.

Cet éloge sardonique trompa la comtesse. Elle m'immola sans pitié, abusant même de mes secrets pour faire rire ses amis de mes prétentions et de mes espérances.

— Il a de l'avenir !... dit Rastignac. Peut-être sera-t-il un jour homme à prendre de cruelles revanches.... Ses talens égalent au moins son courage.

Le profond silence qui régna parut déplaire à la comtesse :

— Du courage!... oh! je lui en crois beaucoup!... reprit-elle. Il m'est fidèle...

Il me prit une vive tentation de me montrer soudain aux rieurs comme l'ombre de Banquo dans Macbeth... Je perdais une maîtresse, mais j'avais un ami !...

Cependant l'amour me souffla tout à coup un de ces lâches et subtils paradoxes avec lesquels il sait endormir toutes nos douleurs.

— Si Fœdora m'aime, pensé-je, ne doit-elle pas dissimuler son affection sous une plaisanterie malicieuse? et que de fois le cœur n'a-t-il pas démenti les mensonges de la bouche.....

Enfin, bientôt mon impertinent rival resté seul avec la comtesse voulut partir.

— Eh quoi! déjà !... lui dit-elle avec un son de voix plein de câlineries et qui me fit palpiter. Vous ne me donnerez pas encore un moment... N'avez-vous donc plus rien à me dire, et ne me sacrifierez-vous pas quelques-uns de vos plaisirs?...

Il s'en alla.

— Ah! s'écria-t-elle en bâillant, ils sont tous bien ennuyeux !...

Et tirant avec force un cordon, le bruit d'une sonnette retentit dans les apparte-mens.

La comtesse entra dans sa chambre en fre-donnant une phrase du *Pria che spunti*. Jamais personne ne l'avait entendue chanter, et ce mutisme donnait lieu à de bizarres interpré-tations. Elle avait, dit-on, promis à son pre-mier amant, charmé de ses talens, et jaloux d'elle, par delà le tombeau, de ne donner à personne un bonheur qu'il voulait avoir goûté seul.

Alors je tendis les forces de mon âme pour aspirer les sons.

De note en note, la voix s'éleva. Puis, Fœ-dora sembla s'animer, les richesses de son gosier se déployèrent ; et, alors cette mélodie eut quelque chose de divin. La comtesse avait dans l'organe, une clarté vive, une justesse de

ton, je ne sais quoi d'harmonique et de vi-
brant qui pénétrait, remuait et chatouillait le
cœur. Les musiciennes sont presque toujours
amoureuses..... Ah! celle qui chantait ainsi
devait aimer... La beauté de la voix fut donc
un mystère de plus dans cette femme déjà si
mystérieuse. — Je la voyais alors comme je te
vois. Elle paraissait s'écouter elle-même et
ressentir une volupté qui lui fût particulière.
Elle éprouvait comme une jouissance d'a-
mour!... Elle vint devant la cheminée en achevant le principal motif de ce *rondo;* mais
quand elle se tut, sa physionomie changea :
ses traits se décomposèrent et sa figure ex-
prima la fatigue. Elle venait d'ôter un masque.
Actrice, son rôle était fini. Cependant l'espèce
de flétrissure imprimée à sa beauté, soit par
son travail d'artiste, soit par la lassitude de la
soirée, n'était pas sans charme.

— La voilà vraie!... me dis-je.

Elle mit, comme pour se chauffer, un pied

sur la barre de bronze qui surmontait le garde-cendre, ôta ses gants, détacha ses bracelets, et enleva par dessus sa tête une chaîne d'or au bout de laquelle était suspendue sa casso-lette ornée de pierres précieuses... J'éprouvais un plaisir indicible à voir tous ses mouvemens empreints de cette gentillesse dont les chattes font preuve en se toilettant au soleil. Elle se regarda dans la glace et dit tout haut d'un air de mauvaise humeur :

— Je n'étais pas jolie, ce soir !... Mon teint se fane avec une effrayante rapidité ! Il fau-drait peut-être me coucher plus tôt, renoncer à cette vie dissipée... Mais Justine se moque-t-elle de moi ?...

Elle sonna de nouveau. La femme de chambre accourut. Où logeait-elle? je ne sais. Elle arriva par un escalier dérobé. J'étais curieux de la voir; car mon imagination de poète avait souvent incriminé cette invisible servante... C'était une fille brune, grande et bien faite.

— Madame a sonné?...

— Deux fois !... répondit Fœdora. Tu vas donc maintenant devenir sourde?

— J'étais à faire le lait d'amandes de Madame...

Justine s'agenouilla, défit les cothurnes des souliers, déchaussa sa maîtresse, qui, nonchalamment étendue sur un fauteuil à ressorts, au coin du feu, bâillait, ou se grattait la tête... Il n'y avait rien que de très-naturel dans tous ses mouvemens, et nul symptôme ne me révéla les souffrances secrètes que j'avais supposées.

— George est amoureux !... dit-elle, je le renverrai... N'a-t-il pas encore défait les rideaux ce soir?... A quoi pense-t-il!

A cette observation, tout mon sang reflua vers mon cœur. Heureusement il ne fut plus question des rideaux.

— Que la vie est vide!... reprit la comtesse. Ah ça ! prends garde de m'égratigner comme tu l'as fait hier. Tiens, vois-tu, dit-elle en lui montrant un petit genou poli, satiné, je porte encore la marque de tes griffes.

Elle mit ses pieds nus dans des pantoufles de velours fourrées de cygne, et détacha sa robe pendant que Justine prit un peigne pour lui arranger les cheveux.

— Il faut vous marier, Madame, avoir des enfans.

— Des enfans !... Il ne me manquerait plus que cela pour m'achever !... s'écria-t-elle. Un mari !... Quel est l'homme auquel je pourrais me... — Étais-je bien coiffée ce soir ?

— Mais... pas très-bien...

— Tu es une sotte.

— Rien ne vous va plus mal que de trop crêper vos cheveux... reprit Justine. Les grosses boucles bien lissées vous sont plus avantageuses !...

— Vraiment!...

— Mais oui, Madame, les cheveux crêpés clair ne vont bien qu'aux blondes...

— Me marier!... oh non, non... Le mariage est un manége pour lequel je ne suis pas née...

Quelle épouvantable scène pour un amant! Cette femme solitaire, sans parens, sans amis, athée en amour, ne croyant à aucun sentiment; et, si faible que fût en elle ce besoin d'épanchement cordial, naturel à toute créature humaine, réduite pour le satisfaire à causer avec sa femme de chambre, à dire des phrases sèches, ou des riens!... J'en eus pitié.

Bientôt Justine la délaça!... Je la contemplai curieusement au moment où le dernier voile s'enleva. Elle avait le corsage d'une vierge... Je fus comme ébloui. Je manquai tomber. La comtesse était adorablement belle.

A travers sa chemise de batiste et à la lueur des bougies, son corps blanc et rose étincelait comme une statue d'argent qui brille sous la gaze dont un ouvrier l'a revêtue... Ah ! nulle imperfection ne devait lui faire redouter les yeux furtifs de l'amour...

— Dépêche-toi donc ! dit-elle. J'ai froid.

Justine apporta un peignoir de batiste que Fœdora mit par dessus sa chemise ; puis, elle s'assit devant le feu, muette et pensive, pendant que sa femme de chambre allumait la bougie de la lampe d'albâtre suspendue devant le lit. Justine alla chercher une bassinoire, prépara le lit, aida sa maîtresse à se coucher ; et, après un temps assez long, mais employé par de minutieux services dont les détails multipliés accusaient la profonde vénération de Fœdora pour elle-même, cette fille partit enfin et je restai seul avec la comtesse.

Alors je l'écoutai se tourner plusieurs fois

à droite et à gauche. Elle était agitée, soupirait, et ses lèvres laissaient échapper un léger bruit qui, perceptible à l'ouïe, dans le silence de la nuit, peignait des mouvemens d'impatience. Avançant la main vers sa table, elle y prit une fiole, versa dans son lait quelques gouttes d'une liqueur dont je ne distinguai pas l'espèce; puis, elle but; et, après quelques soupirs pénibles :

— Ah! mon Dieu!... s'écria-t-elle.

Cette exclamation et surtout l'accent qu'elle y mit, me brisa le cœur...

Insensiblement elle resta sans mouvement. J'eus peur; mais bientôt j'entendis retentir la respiration égale et forte d'une personne endormie. Alors, mettant loin de moi la soie criarde des rideaux, je quittai ma position et vins me placer au pied de son lit, en la regardant avec un sentiment indéfinissable. Elle était ravissante ainsi. Elle avait la tête sous le bras, comme un enfant, et ce joli visage enveloppé de dentelles, tranquille, possédait une suavité qui m'enflamma. Présumant trop de moi-même, je n'avais pas compris mon supplice : être si près et si loin d'elle !... je fus obligé de subir toutes les tortures que je m'étais préparées.

— *Ah ! mon Dieu !...*

Cette phrase avait tout à coup changé mes idées sur Fœdora, et je devais remporter pour toute lumière ce lambeau d'une pensée inconnue.

Ce mot insignifiant ou profond, sans substance ou plein de mystères, pouvait s'interpréter également par le bonheur ou par la souffrance, par une douleur de corps, ou par des peines... Était-ce imprécation ou prière, souvenir ou avenir, regret ou crainte ? Il y avait toute une vie dans cette parole ! vie d'indigence ou de richesse... Enfin, il y tenait même un crime !... La sachant alors parfaitement belle, l'énigme cachée dans ce beau sem-

blant de femme renaissait par ce mot; mais
elle pouvait maintenant être expliquée de tant
de manières qu'elle était inexplicable peut-
être!

Les fantaisies du souffle qui passait entre
ses dents, tantôt faible, tantôt accentué, grave
ou léger, formaient une sorte de langage auquel j'attribuais des pensées, des sentimens.
Je rêvais avec elle. J'espérais m'initier à ses
secrets d'âme en pénétrant dans son sommeil.
Je flottais entre mille partis contraires, entre
mille jugemens. Enfin à voir ce beau visage,
calme et pur, il me fut impossible de refuser
un cœur à cette femme!... Je résolus de faire
encore une tentative en lui racontant ma vie,
mon amour, mes sacrifices; de réveiller en
elle la pitié; de lui arracher une larme à elle
qui ne pleurait jamais!...

J'avais placé toutes mes espérances dans
cette dernière épreuve, quand le tapage de
la rue m'annonça le jour.

Il y eut un moment où je me représentai Fœdora se réveillant dans mes bras... Je pouvais me mettre tout doucement à ses côtés, m'y glisser...

Cette idée me tyrannisa si cruellement que, pour y résister, je me sauvai dans le salon, sans prendre aucune précaution pour éviter le bruit ; mais j'arrivai heureusement à une porte dérobée qui donnait sur un petit escalier.

Ainsi que je l'avais présumé, la clef se trouvait en dedans, à la serrure ; alors, tirant la porte avec force, je descendis hardiment dans la cour. Là, sans regarder si j'étais vu, je sautai vers la rue en trois bonds.

XXIX.

Deux jours après, un auteur devant lire
une comédie chez la comtesse, j'y allai dans
l'intention d'y rester le dernier pour lui présenter une requête assez singulière. Je voulais
la prier de m'accorder la soirée du lendemain, et de me la consacrer toute entière, en
faisant fermer sa porte.

Quand je me trouvai seul avec elle, le cœur me faillit. Chaque battement de la pendule m'épouvantait. Il était minuit moins un quart.

— Si je ne lui parle pas, me dis-je, il faut me briser le crâne sur l'angle de la cheminée...

Je m'accordai trois minutes de délai. Les trois minutes se passèrent et je ne me brisai pas le crâne sur le marbre ; mais mon cœur se gonfla, s'alourdit comme une éponge dans l'eau.

—Vous êtes extrêmement aimable ?....... me dit-elle.

—Ah ! Madame !... répondis-je, si vous pouviez me comprendre !

—Qu'avez-vous ? reprit-elle, vous pâlissez...

— J'hésite à réclamer de vous une grâce....
Alors, je lui demandai le rendez-vous.

— Volontiers... dit-elle. Mais pourquoi ne me parleriez-vous pas en ce moment ?

—Pour ne pas vous tromper, je dois, Madame, vous faire apercevoir l'étendue de
votre engagement. Je désire passer cette soirée près de vous comme si nous étions frère
et sœur. Je connais vos antipathies; mais
vous avez pu m'apprécier assez pour être certaine que je ne veux rien de vous qui puisse
vous déplaire. D'ailleurs, les audacieux ne
procèdent pas ainsi. Vous m'avez témoigné
de l'amitié, vous êtes bonne, pleine d'indul-
gence... — Eh bien! sachez que je dois vous
dire adieu, — demain...

— Ne vous rétractez pas!.... m'écriai-je en
la voyant prête à parler.

Je disparus.

Le 2 mai dernier, vers huit heures du
soir, je me trouvai seul avec Fœdora, dans
son boudoir gothique. Alors je ne tremblai
pas : j'étais sûr d'être heureux. Ma maîtresse
devait m'appartenir, ou sinon, je me réfu-
giais dans les bras de la mort. J'avais con-

damné mon lâche amour. Un homme est bien fort quand il s'avoue sa faiblesse.

Vêtue d'une robe de cachemire bleu, la comtesse était étendue sur un divan, les pieds soutenus par un coussin. Portant un béret oriental, coiffure que les peintres attribuent aux premiers Hébreux, elle avait ajouté je ne sais quel piquant attrait d'étrangeté à ses séductions..... Sa figure était empreinte d'un charme fugitif qui semblait prouver que nous sommes à chaque instant des êtres nouveaux, uniques, sans aucune similitude avec le *nous* de l'avenir et du passé. Je ne l'avais jamais vue aussi éclatante de beauté.

— Savez-vous, dit-elle en riant, que vous avez piqué ma curiosité?...

— Je ne la tromperai point !... répondis-je froidement.

Je m'assis près d'elle; et, lui prenant une main qu'elle m'abandonna très-amicalement :

— Vous avez une bien belle voix ! lui dis-je. Elle pâlit.

— Vous ne m'avez jamais entendue !..... s'é-cria-t-elle.

—Je vous prouverai le contraire quand cela sera nécessaire. — Votre chant délicieux est-il encore un mystère ?..... Rassurez-vous ! Je ne veux pas le pénétrer...

Nous restâmes environ une heure à causer familièrement. Si je pris le ton, les manières et les gestes d'un homme auquel Fœdora ne devait rien refuser, j'eus aussi tout le respect d'un amant. En jouant ainsi, j'obtins la faveur de lui baiser la main, elle se déganta par un mouvement mignon, et j'étais alors si voluptueusement enfoncé dans l'illusion à laquelle je voulais croire que mon âme se fondit, s'épancha toute entière dans ce baiser. Fœdora se laissa flatter, caresser avec un incroyable abandon ; mais—ne m'accuse pas de niaiserie !... Si j'avais voulu faire un pas au-delà de cette câlinerie fraternelle, j'eusse senti les griffes de la chatte.

Nous restâmes dix minutes environ, plongés dans un profond silence. Je l'admirais, lui prêtant des charmes auxquels elle mentait. En ce moment, elle était à moi, à moi seul. Alors, je possédai cette ravissante créature, comme il était permis de la posséder— intuitivement. Je l'enveloppais dans mon désir, la tenais, la serrais, et mon imagination l'épousait. Certes alors, je vainquis sans doute la comtesse par la puissance d'une fascination magnétique. Aussi, ai-je toujours regretté de ne pas m'être entièrement soumis cette femme. Mais, en ce moment, je n'en voulais pas à son corps!... Il me fallait une âme, une vie, ce bonheur idéal et complet, ce beau rêve auquel nous ne croyons pas long-temps !...

Cependant la soirée s'avançait.

— Madame, lui dis-je enfin, sentant que

la dernière heure de mon ivresse était arrivée. Écoutez-moi !...

Je vous aime, vous le savez, je vous l'ai
dit mille fois ! — Vous auriez dû m'entendre.
— Ne voulant devoir votre amour ni à des
grâces de fat, ni à des flatteries de coiffeur
ou à des importunités, vous ne m'avez pas
compris. Que de maux j'ai soufferts pour vous
et dont, cependant, vous êtes innocente !
Mais dans quelques momens vous me ju-
gerez...

Il y a deux misères, Madame !... — Celle
qui va effrontément par les rues, en haillons;
qui recommence Diogène, sans le savoir; se
nourrissant de peu, réduisant la vie au
simple; heureuse... plus que la richesse peut-
être, insouciante du moins : elle prend le
monde, là, où les puissans n'en veulent plus...
Puis la misère du luxe : — une misère espagnole qui cache la mendicité sous un titre.
Elle est fière, emplumée, elle a des carrosses.

C'est la misère en gilet blanc, en gants
jaunes, qui perd une fortune, faute d'un cen-
time. L'une est la misère du peuple, l'autre
celle des escrocs, des rois et des gens de talent. Je ne suis ni peuple, ni roi, ni escroc,
peut-être n'ai-je pas de talent! Ainsi je suis
une exception. Mon nom m'ordonne peut-
être de mourir plutôt que de mendier.

Rassurez-vous, Madame... Je suis riche
aujourd'hui!... Je possède de la terre, tout
ce qu'il m'en faut, lui dis-je en voyant sa
physionomie prendre la froide expression
qui se peint dans nos traits quand nous
sommes surpris par des quêteuses de bonne
compagnie.

— Vous souvenez-vous du jour où vous
avez voulu venir au Gymnase sans moi,
croyant que je ne m'y trouverais pas ?...

Elle fit un signe de tête affirmatif.

— J'avais employé mon dernier écu pour
aller vous y voir. — Vous rappelez-vous la

promenade que nous fîmes au Jardin des
Plantes ?... — Votre voiture me coûta toute
ma fortune !

Là, je lui racontai mes sacrifices, je lui
peignis ma vie, non pas comme je te la ra-
conte aujourd'hui dans l'ivresse du vin, mais
dans une noble ivresse de cœur. Ma passion
déborda par des mots flamboyans, par des
traits de sentiment, oubliés depuis, et que
nul art, ni le souvenir lui-même ne saurait re-
produire. Ce ne fut pas la narration sans chaleur d'un amour détesté; non, mon amour
dans sa force, dans la beauté de son espérance, mon amour exalté m'inspira ces paroles qui projettent toute une vie, et ces cris
d'une âme vivement déchirée. Mon accent fut
celui des dernières prières faites par un mourant sur le champ de bataille.

Elle pleura !... je m'arrêtai.

Grand Dieu !... ses larmes étaient le fruit

de cette émotion factice, achetée cent sous à la porte d'un théâtre.

— Si j'avais su... dit-elle.

— N'achevez pas, m'écriai-je. Je vous aime encore assez en ce moment pour vous tuer...

Elle voulut saisir le cordon de la sonnette. J'éclatai de rire.

— N'appelez pas, repris-je. Je vous laisserai paisiblement achever votre vie; car ce serait mal entendre la haine que de vous tuer !... Non, non, ne craignez pas de violence. — J'ai passé toute une nuit au pied de votre lit.

— Monsieur !... dit-elle en rougissant.

Après ce premier mouvement donné à la pudeur que doit posséder toute femme, même la plus insensible, elle me jeta un regard mauvais et me dit :

— Vous avez dû avoir bien froid ?...

— Croyez-vous, madame, que votre beauté me soit si précieuse !... lui répondis-je en devinant toutes les pensées qui l'agitaient. Votre

figure était, pour moi, la promesse d'une âme plus belle encore que vous n'êtes belle !...
— Eh! Madame, les hommes qui ne voient que la femme dans une femme, peuvent acheter tous les soirs, des odalisques dignes du sérail et se rendre heureux à bas prix! Mais j'étais ambitieux : je voulais vivre de cœur à cœur avec vous, vous qui n'avez pas de cœur... Je le sais maintenant. — Si vous deviez être à un homme, je l'assassinerais... Mais non, vous l'aimeriez !... et sa mort vous ferait peut-être de la peine ! — Combien je souffre !... m'écriai-je.

— Si cela peut vous consoler... dit-elle en riant, je puis vous assurer que jamais personne...

— Alors, repris-je en l'interrompant, vous insultez à Dieu même, et vous en serez punie !... Un jour, couchée peut-être, sur un divan ; ne pouvant supporter, ni le bruit, ni la lumière ; condamnée à vivre dans une sorte de tombe,

vous souffrirez des maux inouïs... Quand
vous chercherez la cause de ces lentes et ven-
geresses douleurs, alors, souvenez-vous des
malheurs que vous avez si largement jetés
sur votre passage! Ayant semé partout des
imprécations, vous trouverez la haine au retour... Nous sommes les propres juges, les
bourreaux d'une Justice qui règne ici bas, et
marche au-dessus de celle des hommes, au-
dessous de celle de Dieu...

— Ah, ah! dit-elle en riant. Je suis sans doute
bien criminelle de ne pas vous aimer... Est-ce
ma faute?... Eh bien, non, je ne vous aime
pas! Vous êtes un homme, cela suffit... Je me
trouve heureuse d'être seule... pourquoi chan-
gerais-je ma vie... — égoïste si vous voulez...
contre les caprices d'un maître?... Le mariage est un sacrement en vertu duquel nous
ne nous communiquons que des chagrins...
Puis, les enfans m'ennuieraient... — Ne vous
ai-je pas loyalement prévenu de mon carac-

tère... Pourquoi ne vous êtes-vous pas con-
tenté de mon amitié? Je voudrais pouvoir
vous consoler des peines que je vous ai cau-
sées en ne devinant pas le compte de vos petits écus... J'apprécie l'étendue de vos sacrifices... Il n'y a que l'amour qui puisse payer
votre dévouement, votre délicatesse... Mais je
ne vous aime pas, et toute cette scène m'af-
fecte désagréablement.

— Je sens combien je suis ridicule... lui dis-
je avec douceur... Pardonnez-moi.

Je ne pus retenir mes larmes...

— Je vous aime assez, repris-je, pour écouter avec délices les cruelles paroles que vous
prononcez... Oh! je voudrais pouvoir signer
mon amour, de tout mon sang...

— Tous les hommes nous disent plus ou
moins bien ces phrases classiques!... reprit-
elle en riant. Mais il paraît qu'il est très-diffi-
cile de mourir à nos pieds, car je rencontre

de ces mots-là partout... Il est minuit, je vous prie de me laisser coucher...

— Et dans deux heures vous direz : — *Ah! mon Dieu !...*

Elle se prit à rire.

— Avant-hier!... — Oui... — Je pensais à mon agent de change. J'avais oublié de lui faire convertir mes rentes de *cinq* en *trois...* Et, dans la journée, le *trois* avait baissé...

Je la contemplais d'un œil étincelant de rage. Ah ! quelquefois un crime doit être tout un poëme!... Alors, je l'ai compris.

Elle riait.

Familiarisée sans doute avec les déclarations les plus passionnées, elle avait déjà oublié mes larmes et mes paroles.

— Épouseriez-vous un pair de France?... lui demandai-je froidement.

— Peut-être, s'il était duc !

Je pris mon chapeau, je la saluai.

— Permettez-moi, dit-elle, de vous ac-

compagner jusqu'à la porte de mon appartement...

Il y avait une ironie perçante dans son
geste, dans la pose de sa tête, dans son accent.

— Madame...

— Monsieur...

— Je ne vous verrai plus!...

— Je l'espère... répondit-elle en inclinant
la tête avec une impertinente expression.

— Vous voulez être duchesse?... repris-je
animé par une sorte de frénésie que son geste
alluma dans mon cœur. Vous êtes folle de
titres et d'honneurs? eh bien! laissez-vous
seulement aimer par moi? Permettez à ma
plume de ne parler, à ma voix de ne retentir
que pour vous?... Soyez le principe secret de
ma vie, soyez mon étoile! Puis, ne m'ac-
ceptez pour époux que ministre, pair de
France, duc... Je me ferai tout ce que vous
voudrez que je sois!...

— Vous avez, dit-elle en souriant, assez bien employé votre temps chez l'avoué !... Vos plaidoyers ont de la chaleur...

— Tu as le présent !... m'écriai-je, et moi l'avenir !... Je ne perds qu'une femme et tu perds un nom, une famille. — Le temps est gros de ma vengeance. — Tu rencontreras la laideur, là où je trouverai la gloire !...

— Merci de la péroraison !... dit-elle en retenant un bâillement et témoignant par son attitude le désir de ne me plus voir.

Ce mot m'imposa silence. — Je lui jetai ma haine dans un regard et je m'enfuis, aimant toujours cette horrible femme.

sez
*l*os

noi
tu
est
s la

re-
son

ma
ant

XXX.

Il fallait oublier Fœdora, me guérir de
ma folie, reprendre ma studieuse solitude, ou
mourir. Alors je m'imposai des travaux exor-
bitans, je voulus achever mes ouvrages. Pendant quinze jours je ne sortis pas de ma mansarde, consumant les nuits en de pâles et tristes études... Mais, malgré mon courage et les

inspirations de mon désespoir, je travaillais difficilement et par saccades : la muse avait fui. Je ne pouvais chasser le fantôme brillant et moqueur de Fœdora. Chacune de mes pensées couvait une autre pensée maladive, un désir, terrible comme un remords.

— Aussi, j'imitai les anachorètes de la Thébaïde. Sans prier comme eux ; comme eux, je vivais dans un désert : creusant mon âme au lieu de creuser un rocher. Je me serais au besoin serré les reins avec une ceinture armée de pointes, afin de dompter la douleur morale, par une douleur physique.

Un soir, Pauline pénétra dans ma chambre ; et, d'une voix suppliante :

— Vous vous tuez, me dit-elle, vous devriez sortir, aller voir vos amis...

— Ah ! Pauline ! votre prédiction était vraie !... la comtesse Fœdora me tue... je veux mourir... la vie m'est insupportable...

— Il n'y a donc qu'une femme dans le

monde?... dit-elle en souriant. — Pourquoi mettez-vous des peines infinies dans une vie si courte...

Je regardais Pauline avec stupeur... Elle me laissa seul.... Je ne m'étais pas aperçu de sa retraite... J'avais entendu sa voix, sans comprendre le sens de ses paroles.

Cependant je fus obligé de porter le manuscrit de mes mémoires à mon entrepreneur de littérature. Préoccupé par ma passion, j'ignorais comment j'avais pu vivre sans argent, je savais seulement que les quatre cent cinquante francs qui m'étaient dus suffiraient à payer mes dettes... J'allai donc chercher mon or.

Ce jour-là, je rencontrai Rastignac.

Il me trouva changé, maigri.

— De quel hôpital sors-tu ? me dit-il.

— Cette femme me tue... répondis-je. Je ne puis ni la mépriser, ni l'oublier.

— Il vaut mieux la tuer... Tu n'y songeras peut-être plus!... s'écria-t-il en riant.

— J'y ai bien pensé! répondis-je. Mais si parfois, je rafraîchis mon âme par l'idée d'un crime, viol ou assassinat, et les deux ensemble même... je me trouve incapable de le commettre en réalité... La comtesse est un admirable monstre. — Puis, elle demanderait grâce!...

— Elle est comme toutes les femmes que nous ne pouvons pas avoir! dit Rastignac en m'interrompant.

— Je suis fou, m'écriai-je. Je sens la folie à la porte de mon cerveau. Elle rugit par momens. Alors, mes idées sont comme des êtres, elles dansent, et je ne puis les saisir... Je préfère la mort à cette vie : aussi, cherché-je avec conscience le meilleur moyen de terminer cette lutte. Il ne s'agit plus de la Fœdora vivante, de la Fœdora du faubourg Saint-Honoré, mais de ma Fœdora, de celle qui est là !...

dis-je en me frappant le front. Que penses-tu de l'opium ?...

— Bah ! des souffrances atroces !... répondit Rastignac.

— L'asphyxie ?...

— Canaille...

— La Seine ?...

— Les filets et la Morgue sont bien sales.

— Un coup de pistolet ?

— Et si tu te manques ? tu restes défiguré !

— Écoute ! reprit-il. J'ai, comme tous les jeunes gens, médité sur les suicides. Qui de nous ne s'est pas, dans sa vie, tué deux ou trois fois !... Je n'ai rien trouvé de mieux que d'user l'existence par le plaisir... Plonge-toi dans une dissolution profonde !... ta passion, ou toi, vous y périrez. L'intempérance, mon cher, est la reine de toutes les morts !... Ne commande-t-elle pas à l'apoplexie foudroyante ?... Or, l'apoplexie est un coup de

pistolet qui ne nous manque pas! Les orgies
nous prodiguent tous les plaisirs physiques....
N'est-ce pas l'opium en petite monnaie?... En
nous forçant de boire à outrance, la débauche porte de mortels défis au vin. Or, le ton-
neau de malvoisie du duc de Clarence a meilleur goût que tes bourbes de la Seine. Enfin, quand nous tombons noblement sous la
table, n'est-ce pas une petite asphyxie pério-
dique?... Puis, si la patrouille nous ramasse,
en restant étendus sur les lits froids des corps-
de-garde, ne jouissons-nous pas des plaisirs
de la Morgue, moins les ventres enflés, tur-
gides, bleus, verts?...

— Ah! ah! reprit-il, ce long suicide n'est
pas une mort d'épicier en faillite... Les né-
gocians ont déshonoré la rivière!... Maintenant ils se jettent à l'eau par spéculation et
pour attendrir leurs créanciers... Moi, je tâ-
cherais de mourir avec élégance. — Si tu veux
créer un nouveau genre de mort en te débat-

tant ainsi contre la vie, je suis ton second. Je m'ennuie! Je suis désappointé... Ma veuve me fait, du plaisir, un vrai bagne. D'ailleurs, j'ai découvert qu'elle a six doigts au pied gauche. Je ne puis pas vivre avec une femme qui a six doigts. Cela se saurait et je deviendrais ridicule!...... Puis, elle n'a que dix-huit mille livres de rente : sa fortune diminue et ses doigts augmentent!... Au diable!... En menant une vie enragée, nous trouverons peut-être le bonheur par hasard.

Rastignac m'entraîna. Ce projet faisait briller de trop fortes séductions, peut-être aussi quelques dernières espérances; enfin, il avait une couleur trop poétique pour ne pas plaire à un poëte.

— Et de l'argent!... lui dis-je.

— N'as-tu pas quatre cent cinquante francs?...

— Oui, mais je dois à mon tailleur, à mon hôtesse.

— Tu paies ton tailleur !... Tu ne seras jamais rien, — pas même ministre.

— Mais que pouvons-nous faire avec vingt louis ?...

— Aller au jeu.

Je frissonnai.

— Ah ! reprit-il en s'apercevant de ma pruderie, tu veux te lancer dans ce que je nomme le *Système dissipationnel*, et tu as peur d'un tapis vert !...

— Écoute, lui répondis-je, j'ai promis à mon père de ne jamais mettre le pied dans une maison de jeu. — Non-seulement cette promesse est sacrée; mais j'éprouve même une sorte d'horreur invincible en passant devant un tripot... Prends mes cent écus, et vas-y seul. Pendant que tu risqueras toute notre fortune, j'irai mettre mes affaires en ordre, et reviendrai t'attendre chez toi.

Voilà, mon cher, comment je me perdis. Il suffit à un jeune homme de rencontrer une femme qui ne l'aime pas, ou une femme qui l'aime trop pour que toute sa vie soit dérangée!... Le bonheur engloutit toutes nos forces, comme le malheur éteint nos vertus !

Revenu à mon hôtel Saint-Quentin, je contemplai long-temps la mansarde où j'avais mené la chaste vie d'un savant, une vie qui aurait été peut-être honorable, longue, et que je n'aurais pas dû quitter pour la vie passionnée qui m'entraînait dans un gouffre.

Pauline me surprit dans une attitude mélancolique, et cette douce fille, ce génie familier, cet ange gardien me regarda silencieusement.

— Eh bien ! dit-elle. Qu'avez-vous ?...

Je me levai froidement, et comptai l'argent que je devais à sa mère en y ajoutant le prix de mon loyer pour six mois...

Elle m'examina avec une sorte de terreur.

— Je vous quitte, ma pauvre Pauline...

— Je l'ai deviné! s'écria-t-elle.

— Écoutez, ma chère enfant : je ne renonce
pas à revenir ici... Gardez-moi ma cellule
pendant une demi-année. Si je ne suis pas de
retour vers le 15 novembre, alors, Pauline,
vous hériterez de moi. Ce manuscrit cacheté,
dis-je en lui montrant un paquet de papiers,
est la copie de mon grand ouvrage sur
la Volonté. Vous le déposerez à la Bibliothè-
que du Roi. Quant à tout ce que je laisse ici...
vous en ferez ce que vous voudrez...

Elle me jetait des regards qui pesaient sur
mon cœur. Pauline était là comme une conscience vivante...

— Je n'aurai plus de leçons !... dit-elle en
me montrant le piano.

Je ne répondis pas.

— M'écrirez-vous ?

— Adieu, Pauline...

Je l'attirai doucement à moi. Puis, sur son
front d'amour, et vierge comme la neige qui

n'a pas touché terre, je mis un baiser de frère, un baiser de vieillard.

Elle se sauva.

Je ne voulus pas voir madame Gaudin. Je mis ma clef à sa place habituelle et partis.

En quittant la rue de Cluny, j'entendis derrière moi le pas léger d'une femme.

— Tenez, me dit Pauline, je vous avais brodé cette bourse; la refuserez-vous aussi?...

Croyant apercevoir, à la lueur du réverbère, une larme dans les yeux de Pauline, je soupirai.

Alors, poussés tous deux par la même pensée peut-être, nous nous séparâmes avec l'empressement de gens qui auraient voulu fuir la peste.

XXXI.

La vie de dissipation à laquelle je me vouais apparaissait devant moi bizarrement exprimée par la chambre où j'attendais, avec une noble insouciance, le retour de Rastignac.

Au milieu de la cheminée, s'élevait une pendule surmontée d'une Vénus accroupie sur sa tortue; mais elle tenait entre ses bras un cigare à demi consumé. Des meubles élé-

gans, présens de l'amour, étaient épars, sans
ordre. De vieilles chaussettes traînaient sur
un voluptueux divan. Le confortable fauteuil
à ressorts dans lequel j'étais plongé portait
des cicatrices comme un vieux soldat, offrant
aux regards ses bras déchirés, et montrant
incrustées sur son dossier la pommade, l'huile
antique de toutes les têtes d'amis.... L'opulence et la misère s'accouplaient naïvement
dans le lit, sur les murs, partout. Vous eussiez dit les palais de Naples bordés de lazza-
roni.

C'était une chambre de joueur ou de mauvais sujet, dont le luxe est tout personnel,
vivant de sensations, et qui, des incohéren-
ces, ne se soucie guère... Il y avait de la poésie
dans ce tableau. La vie s'y dressait avec ses
paillettes et ses haillons... toute soudaine,
incomplète, comme elle est réellement; mais
vive, mais fantasque, espèce de halte où le
maraudeur a pillé sa joie.

Là, un Byron au quel manquaient des pa-
ges avait allumé la falourde du jeune homme,
qui risque au jeu cent francs et n'a pas une
bûche; qui court en tilbury sans posséder
une chemise saine et valide... Puis, le lendemain, une comtesse, une actrice ou l'écarté
lui donnent un trousseau de roi. Ici, la bougie était fichée dans le fourreau vert d'un bri-
quet phosphorique... Vie riche d'oppositions,
et à laquelle il est peut-être difficile de renoncer, parce qu'elle a d'irrésistibles attraits :
c'est la guerre en temps de paix...

J'étais presque assoupi quand, d'un coup
de pied, Rastignac, enfonçant la porte de sa
chambre, s'écria :

— Victoire!... victoire!... nous pourrons
mourir à notre aise !

Il me montra son chapeau plein d'or !... Il
le mit sur la table, et nous dansâmes autour
de tout comme deux Cannibales ayant une
proie à manger, hurlant, trépignant, sautant,

nous donnant des coups de poing à tuer un rhinocéros, et chantant à l'aspect de tous les plaisirs du monde contenus — dans un chapeau !...

— Douze mille francs !... répétait Rastignac en ajoutant quelques billets de banque au tas d'or. A d'autres, cet argent suffirait pour vivre; mais nous suffira-t-il pour mourir !... Oh ! oui ! nous expirerons dans un bain d'or !... Hourra !...

Et nous cabriolâmes derechef. Enfin nous partageâmes en frères, pièce à pièce, en commençant par les doubles napoléons, allant des grosses pièces aux petites, et distillant notre joie, en disant long-temps :

— A toi... — A moi...

— Oh ! nous ne dormirons pas !... s'écria Ratisgnac. Joseph, du punch !

Puis, jetant de l'or à son fidèle domestique :

— Voilà ta part !... dit-il. Enterre-toi si tu peux !

Le lendemain, j'achetai des meubles chez Lesage, je louai l'appartement où tu m'as connu, rue Taitbout, et je chargeai le meilleur tapissier de le décorer. J'eus une voiture et des chevaux. Alors, je me lançai dans un tourbillon de plaisirs creux et réels tout à la fois... Je jouais, je gagnais et perdais tour à tour d'énormes sommes, mais au bal, chez nos amis, jamais dans les maisons de jeu, pour lesquelles je conservai ma sainte et primitive horreur.

Insensiblement je me fis des amis. Je dus leur attachement soit à des querelles, soit à cette facilité confiante avec laquelle nous nous livrons nos secrets en nous avilissant ensemble ; mais peut-être aussi, ne nous accrochons-nous bien que par nos vices ? Puis je hasardai quelques compositions littéraires. Elles me valurent des complimens, parce que les grands hommes de la littérature marchande, ne voyant point en moi de rival à craindre, me

vantèrent, moins sans doute pour mon mérite personnel que pour chagriner celui de
leurs camarades.

Enfin je devins un *viveur*, pour me servir de
l'expression pittoresque consacrée par votre
langage d'orgie. Je mettais de l'amour-propre
à me tuer promptement, à écraser les plus
gais compagnons par ma verve et par ma puissance. J'étais toujours frais, élégant. Je pas-
sais, dit-on, pour spirituel, et rien ne trahissait en moi cette épouvantable existence, qui
fait, d'un homme, un entonnoir, un appareil
à chyle, un cheval de luxe.

Bientôt la débauche m'apparut dans toute
la majesté de son horreur, et je la compris...

Certes, les hommes sages et rangés qui éti-
quettent des bouteilles pour leurs héritiers
ne peuvent guère concevoir ni la théorie de
cette large vie, ni son état normal. En ferez-
vous adopter la poésie aux gens de province,

pour lesquels l'opium et le thé, si prodigues de délices, ne sont encore que deux médicamens? A Paris même, capitale de la pensée, ne se rencontre-t-il' pas des sybarites incomplets? Inhabiles à supporter l'excès du plaisir, ne s'en vont-ils pas fatigués, après avoir entendu un nouvel opéra de Rossini, condamnant la musique, et semblables à un homme sobre, qui ne veut plus manger de pâtés de Ruffec, parce que le premier lui a donné une indigestion? Mais la débauche est certainement un art comme la poésie. Elle veut des âmes fortes. Pour en saisir les mystères, pour en savourer les beautés, un homme doit, en quelque sorte, faire de consciencieuses études.

Comme toutes les sciences, elle est d'abord repoussante, épineuse. D'immenses obstacles environnent les grands plaisirs de l'homme, non ses jouissances.de détail, mais les systèmes qui érigent en habitude ses sensations les plus rares, les résument, les lui fertilisent, lui créant une vie dramatique dans sa vie, et nécessitant une exorbitante, une prompte dissipation de ses forces.

La Guerre, le Pouvoir, les Arts, sont des corruptions mises aussi loin de la portée humaine, aussi profondes que l'est la débauche, et toutes sont de difficile accès. Mais quand une fois l'homme est monté à l'assaut de ces grands mystères, il doit marcher dans un monde nouveau. Les généraux, les ministres, les artistes sont tous plus ou moins portés vers la dissolution par le besoin d'opposer de violentes distractions à leur existence si fort en dehors de la vie commune. Après tout, la guerre est la débauche du sang, comme la politique est celle des intérêts : tous les excès sont frères... Ces monstruosités sociales possèdent la puissance des abîmes ; elles nous attirent comme Moscou appelait Napoléon ; elles donnent des vertiges ; elles fascinent ; et nous voulons en voir le fond sans savoir pourquoi.

Il y a peut-être la pensée de l'infini dans ces précipices, ou quelque plus vaste flatterie pour l'homme : alors n'intéresse-t-il pas tout à lui-même ? En guerre, il est un ange exterminateur, le bourreau, mais un bourreau gigantesque... Artiste, il crée et il lui faut le repos du dimanche, ou un enfer, pour contraster avec le paradis de ses heures studieuses, avec les délices de la conception. Le délassement de lord Byron ne pouvait pas être le boston babillard qui charme un rentier ; poëte, il voulait la Grèce à jouer contre Mahmoud.

Eh ! ne faut-il pas des enchantemens bien extraordinaires pour nous faire accepter ces atroces douleurs, ennemies de notre frêle enveloppe, et qui entourent les passions comme d'une enceinte ?... S'il se roule convulsivement et souffre une sorte d'agonie, après avoir abusé du tabac, le fumeur n'a-t-il pas assisté, je ne sais en quelles régions, à de délicieuses fêtes ? Sans se donner le temps d'essuyer ses pieds, qui trempent dans le sang jusqu'à la cheville, l'Europe n'a-t-elle pas sans cesse recommencé la guerre ?... L'homme en masse a-t-il donc aussi son ivresse, comme la nature a des accès d'amour !...

Or, pour l'homme privé, pour le Mirabeau inutile, ou qui, végétant, par un règne paisible, aspire encore à des tempêtes, la débauche comprend tout. Elle est une perpétuelle étreinte de toute la vie, ou un duel avec une puissance inconnue, avec un monstre. D'abord, le monstre épouvante. Il faut l'attaquer par les cornes. Ce sont des fatigues inouïes. La nature vous a donné je ne sais quel estomac étroit ou paresseux... Vous le domptez, vous l'élargissez !... Vous apprenez à porter le vin ; vous apprivoisez l'ivresse ; vous passez les nuits sans sommeil, vous vous faites enfin un tempérament de colonel de cuirassiers, vous créant vous-même une seconde fois, pour fronder Dieu !

Quand l'homme s'est ainsi métamorphosé ; quand, vieux soldat, le néophyte a façonné son âme à l'artillerie, ses jambes à la marche; alors, sans appartenir encore au monstre, mais sans savoir, entre eux, quel est le maître, ils se roulent l'un l'autre, tantôt vainqueurs, tantôt vaincus, dans une sphère où tout est merveilleux, où s'endorment les douleurs de l'âme, où revivent seulement des formes. Déjà cette lutte atroce est devenue nécessaire.

Réalisant ces fabuleux personnages qui, selon les légendes, ont vendu leur âme au diable pour la puissance de mal faire, le dissipateur a troqué sa mort contre toutes les jouissances de la vie; mais abondantes, mais fécondes !... Au lieu de couler long-temps entre deux rives monotones, au fond d'un comptoir ou d'une étude, l'existence bouillonne et fuit comme un torrent...

Enfin la débauche est sans doute au corps ce que sont à l'âme les plaisirs mystiques. L'ivresse vous plonge en des rêves dont les fantasmagories sont aussi curieuses que peuvent l'être celles de l'opium. Vous avez des heures ravissantes comme les caprices d'une jeune fille : ce sont des causeries délicieuses avec des amis ; puis, des maux qui peignent toute une vie, des joies franches et sans arrière-pensée, des voyages sans fatigue, des poëmes déroulés en quelques phrases... La brutale satisfaction de la bête, au fond de laquelle la science a été chercher une âme, est suivie de torpeurs enchanteresses après lesquelles soupirent les hommes d'intelligence. Ne sentent-ils pas tous la nécessité d'un repos absolu, complet, et la débauche n'est-elle pas une sorte d'impôt que leur génie paie au Mal? Vois-les tous! S'ils ne sont pas volup-

tueux, la nature les fait chétifs. Moqueuse
ou jalouse, une puissance leur vicie l'âme ou
le corps pour neutraliser les efforts de leurs
talens.

Pendant ces heures avinées, les hommes et
les choses comparaissent devant vous, vêtus
de vos livrées. Roi de la création, vous la
transformez à vos souhaits. Puis à travers ce
délire perpétuel, le jeu vous verse, à votre
gré, son plomb fondu dans les veines... Enfin,
un jour, vous appartenez au monstre ! Alors,
vous avez, comme je l'eus, un réveil enragé :
l'Impuissance assise à votre chevet. Vieux
guerrier, une phthisie vous dévore ; diplomate, un anévrisme suspend dans votre cœur
la mort à un fil ; moi, c'était peut-être une pulmonie qui était venue me dire : « Partons ! »
comme l'artiste, Raphaël d'Urbin, se tue par
quelque excès d'amour.

Voilà comme j'ai vécu !... J'arrivais ou trop
tôt ou trop tard dans la vie du monde ; ma

force y eût été dangereuse si je ne l'avais pas amortie ainsi. L'univers n'a-t-il pas été guéri d'Alexandre par la coupe d'Hercule, à la fin d'une orgie? Enfin à certaines destinées trompées, il faut le ciel ou l'enfer, la débauche ou l'hospice du mont Saint-Bernard.

Tout-à-l'heure je n'avais pas le courage de moraliser ces deux créatures, dit-il en montrant Euphrasie et Aquilina. N'étaient-elles pas mon histoire personnifiée, une image de ma vie? Je ne pouvais guère les accuser, elles m'apparaissaient comme des juges!...

XXXII.

Au milieu de ce poëme vivant, au sein de cette étourdissante maladie, j'eus cependant deux crises bien fertiles en âcres douleurs.

D'abord, quelques jours après m'être jeté, comme Sardanapale, dans mon bûcher, je rencontrai Fœdora sous le péristyle des Bouffons. Nous attendions nos voitures...

— Ah ! ah ! je vous retrouve encore en vie !...
Ce mot était la traduction de son sourire,
des malicieuses et sourdes paroles qu'elle dit
à son sigisbé. Elle lui racontait sans doute
mon histoire , en jugeant mon amour comme
un amour vulgaire. Elle applaudissait à sa
fausse perspicacité. Oh! mourir pour elle,
l'adorer encore, la voir dans mes excès, dans
mes ivresses , dans le lit des courtisanes; et
me sentir victime de sa plaisanterie quand je
périssais sa victime ! Ne pas pouvoir déchirer
ma poitrine et y fouiller mon amour, pour le
jeter à ses pieds.

Enfin , j'épuisai facilement mon trésor.
Mais comme trois années de régime m'avaient
constitué la plus robuste de toutes les santés,
le jour où je me trouvai sans argent, je me
portais à merveille. Alors, pour continuer
de mourir, je signai des lettres de change à
courte échéance... Puis le jour du paiement arriva.

Cruelles émotions!... et comme elles font vivre de jeunes cœurs! Ah! je n'étais pas fait pour vieillir encore! Mon âme était toujours jeune, vivace et verte... Ma première dette ranima toutes mes vertus. Elles vinrent à pas lents et m'apparurent tristes et désolées, mais je sus transiger avec elles comme avec ces vieilles tantes qui commencent par nous gronder, et finissent en nous consolant, en nous donnant des larmes et de l'argent.

Plus sévère, mon imagination me montrait mon nom voyageant dans les places de l'Europe, de ville en ville. Or, *notre nom*, *c'est nous-même*!... a dit M. Eugène Salverte.

Après des courses vagabondes, j'allais, comme le double d'un Allemand, revenir à mon logis, d'où je n'étais pas sorti, me réveillant moi-même en sursaut.

Ces hommes de la banque, ces remords commerciaux, vêtus de gris, portant la livrée de leur maître, — une plaque d'argent! — ja-

dis, je les voyais avec indifférence quand ils
allaient par les rues de Paris ; mais aujour-
d'hui... je les haïssais par avance. Un matin,
l'un d'eux ne viendrait-il pas me demander
raison des onze lettres que j'avais griffon-
nées !... Ma signature valait 3,000 francs, je ne
les valais pas moi-même !...

Les huissiers, aux faces insouciantes à tous
les désespoirs, même à la mort, se levaient
devant moi , comme les bourreaux qui disent
à un condamné :

— Voici trois heures et demie qui son-
nent...

Leurs clercs avaient le droit de s'emparer
de moi, de griffonner mon nom, de le salir,
de s'en moquer...

Je devais !...

Devoir, c'est, peut-être, ne plus s'appartenir ?... D'autres hommes ne pouvaient-ils pas
me demander compte de ma vie ?... pourquoi

j'avais mangé des puddings à la *chipolata*, pourquoi je buvais à la glace? pourquoi je dormais, marchais, pensais, m'amusais, — sans les payer?

Au milieu d'une poésie, au sein d'une idée, ou à déjeuner, entouré d'amis, de joie, d'amour, de douces railleries, je pouvais voir entrer un monsieur en habit marron, tenant à la main un chapeau râpé. Ce sera ma dette, ce sera ma lettre de change, un spectre qui flétrira tout...

Il faudra quitter la table pour aller lui parler......

Enfin, il m'enlevera ma gaîté, ma maîtresse, tout, jusqu'à mon lit.... Le remords est plus tolérable : il ne nous met ni dans la rue ni à Sainte-Pélagie ; il ne nous plonge pas dans cette exécrable sentine de vice et d'infamie, il ne nous jette qu'à l'échafaud, et le bourreau ennoblit ! Au moment de notre supplice tout le monde croit à notre innocence ; tandis qu'on ne laisse pas une vertu au débauché sans argent !...

Puis ces dettes à deux pattes, habillées de drap vert, portant des lunettes bleues ou des parapluies multicolores; ces dettes incarnées avec lesquelles nous nous trouvons face à face au coin d'une rue, au moment où nous sou-rions, ces gens allaient avoir l'horrible privi-lége de dire :

— M. de Valentin me doit et ne me paie pas. Je le tiens. Ah ! ah ! qu'il n'ait pas l'air de me faire mauvaise mine !...

Il faut saluer nos créanciers, les saluer avec grâce.

— Quand me paierez-vous ? disent-ils.

Et nous voilà dans l'obligation de mentir, d'implorer un autre homme — pour de l'ar-gent !... de nous courber devant un sot assis sur sa caisse; de recevoir son froid regard, son regard de sangsue, aussi odieux qu'un soufflet ; de subir sa morale de Barême, sa crasse ignorance. Une dette est une œuvre d'imagination. Ils ne la comprennent pas... Il faut être entraîné, subjugué, pour s'endetter. Eux, rien ne les subjugue, rien de généreux ne les entraîne. Ils vivent dans l'argent, ne connaissent que l'argent. J'avais horreur de l'argent.

Enfin la lettre de change peut se métamorphoser en vieillard chargé de famille, flanqué de vertus. Je devrai peut-être à un vivant tableau de Greuse, à un paralytique environné d'enfans, à la veuve d'un soldat, qui me tendront des mains suppliantes. Ce sont de terribles créanciers ! Ne faut-il pas pleurer avec eux ? Puis, quand nous les avons payés, nous leur devons encore... des secours.

La veille de l'échéance, je m'étais couché dans ce calme faux des gens qui dorment avant leur exécution, avant un duel : il y a toujours une espérance qui les berce... Mais en me réveillant, quand je fus de sang-froid, que je sentis mon âme emprisonnée dans le porte-feuille d'un banquier, couchée sur des états, écrite à l'encre rouge, mes dettes jaillirent partout comme des sauterelles. Elles étaient dans ma pendule, sur mes fauteuils, incrustées dans les meubles dont je me servais avec le plus de plaisir. Ces esclaves matériels seraient donc la proie des harpies du Châtelet!... Ils me quitteraient enlevés par des recors, brutalement jetés sur la place!... Ah! ma dépouille, c'était encore moi-même... La sonnette de mon appartement retentissait dans mon cœur; elle me frappait où l'on doit frapper les rois, à la tête. C'était un martyre, — sans le ciel pour récompense.

Oui, pour un homme libre, généreux, une dette... c'est l'enfer... mais l'enfer avec des huissiers et des agens d'affaires; une dette impayée, c'est la bassesse, un commencement de friponnerie, et pis que tout cela , — un mensonge !..... Elle ébauche des crimes, elle engendre l'échafaud !

XXXIII.

Mes lettres de change furent protestées ;
mais trois jours après je les payai ; voici comment. Un spéculateur vint me proposer de
lui vendre l'île que je possédais dans la Loire,
et où était le tombeau de ma mère. J'acceptai.
En signant le contrat chez le notaire de mon
acquéreur, je sentis, au fond de l'étude obs-

cure, une fraîcheur semblable à celle d'une cave dont on aurait ouvert la porte. Je frissonnai en reconnaissant le même froid humide dont je fus saisi sur le bord de la fosse où j'avais enseveli mon père. J'accueillis ce hasard comme un funeste présage. Il me semblait entendre la voix de ma mère et voir son ombre; puis, je ne sais quelle puissance faisait retentir vaguement mon propre nom dans mon oreille, au milieu d'un bruit de cloches!...

Le prix de mon île me laissa, toutes dettes payées, deux mille francs.

Certes, j'eusse pu revenir à la paisible existence du savant, retourner à ma mansarde, après avoir expérimenté la vie, la tête pleine d'observations immenses, et jouissant déjà d'une espèce de réputation. — Mais Fœdora n'avait pas lâché sa proie. Nous nous étions souvent trouvés en présence : moi, l'écrasant par mon luxe, lui faisant corner mon nom aux oreilles par ses amans étonnés de mon esprit, de mes chevaux, de mes succès, de mes équipages ; elle, toujours froide et insensible, même à cette horrible phrase :

— Il se tue pour vous !... dite par Rastignac.

Je chargeais le monde entier de ma vengeance ; mais je n'étais pas heureux ! En creusant ainsi la vie jusqu'à la fange, j'avais toujours senti davantage les délices d'un amour partagé. J'en poursuivais le fantôme à travers les hasards de mes dissipations, au sein des orgies ; et, pour mon malheur, j'étais trompé dans mes belles croyances, puni de mes bienfaits et récompensé de mes fautes, par mille plaisirs. Sinistre philosophie, mais vraie pour le débauché !...

Puis, Fœdora m'avait communiqué la lèpre de sa vanité. En sondant mon âme, je la trouvai gangrenée, pourrie. Le démon m'avait imprimé son ergot sur le front. Je sentais qu'il

m'était désormais imposible de me ranger,
de me passer de ces tressaillemens continuels
et des exécrables raffinemens de la richesse.
Riche à millions, j'aurais toujours joué,
mangé, couru. Je ne voulais plus rester seul
avec moi-même. J'avais besoin de courtisanes, de faux amis, de vin, de bonne chère
pour m'étourdir...Tous les liens qui attachent
un homme à la famille étaient brisés en moi
pour toujours... Galérien du plaisir, je devais
accomplir ma destinée de suicide...

Pendant les derniers jours de ma fortune,
je fis des excès incroyables, mais chaque
matin, la Mort me rejetait dans la vie. Semblable à un rentier viager, j'aurais pu passer
tranquillement dans un incendie...

Enfin, je me trouvai seul avec une pièce de
vingt francs... Alors, je me souvins du bonheur de Rastignac...

— Hé! hé!... s'écria Raphaël pensant tout

à coup à son talisman et tirant la *peau de chagrin* de sa poche.

Soit que, fatigué des luttes de cette longue journée, il n'eût plus la force de gouverner son intelligence dans les flots de vin et de punch ; ou, soit qu'exaspéré par l'image de sa vie, il se fût insensiblement enivré par le torrent de ses paroles, Raphaël s'anima, s'exalta comme un homme complètement privé de raison.

— Au diable la mort !... cria-t-il en brandissant *la peau*. Je veux vivre maintenant ! — Je suis riche. — J'ai toutes les vertus. — Rien ne me résiste. — Qui ne serait pas bon quand on peut tout ?... Hé ! hé !... — Ohé !... J'ai souhaité deux cent mille livres de rente !... Je les aurai... Saluez-moi, pourceaux qui vous vautrez sur ces tapis comme sur du fumier !... Vous m'appartenez !... fameuse propriété !... Je suis riche, je peux vous acheter tous...

même le député... Allons, canaille de la haute société!... bénissez-moi ! — Je suis pape!

En ce moment, les exclamations de Raphaël, jusque là couvertes par la basse-taille de tous les ronflemens, furent entendues soudain. Presque tous le dormeurs se réveillèrent en criant; mais, voyant l'interrupteur mal assuré sur ses jambes, ils en maudirent la bruyante ivresse par un concert de juremens.

— Taisez-vous! reprit Raphaël. — Chiens! à vos niches!... Émile, j'ai des trésors : je te donnerai des cigares de la Havane.

Je t'entends... répondit le poëte, *Fœdora ou la mort!*... Va ton train... Cette sucrée de Fœdora t'a trompé... Toutes les femmes sont filles d'Ève... Ton histoire n'est pas du tout dramatique.

— Ah! tu dormais, sournois?...

— Non! — Fœdora ou la mort, j'y suis!...

— Réveille-toi!... s'écria Raphaël en frappant Émile avec la *peau de chagrin* comme s'il voulait en tirer du fluide électrique.

— Tonnerre !... dit Émile en se levant et en saisissant Raphaël à bras-le-corps, mon ami, tu es impoli... Songe donc que tu es avec des femmes...

— Je suis millionnaire !...

— Si tu n'es pas millionnaire, tu es bien certainement ivre.

— Ivre du pouvoir. — Je peux te tuer ! — Silence, je suis *Néron* !... je suis Nabucho-donosor !...

— Mais, Raphaël, nous sommes en mauvaise compagnie ; et tu devrais, par dignité, rester silencieux.

— Ma vie a été un trop long silence... Maintenant, je vais me venger du monde entier !... Je ne m'amuserai pas à dissiper de tes vils écus, je consommerai des vies humaines et des intelligences... des âmes. Voilà un luxe qui n'est pas mesquin : c'est l'opulence de la peste !

Je lutterai de pouvoir avec la fièvre jaune, bleue, verte, — avec les armées, — les échafauds!... Aussi je puis avoir Fœdora!... — Mais, non, je n'en veux pas, de Fœdora, — c'est ma maladie, Fœdora, — je meurs de Fœdora!... Au diable, Fœdora!...

— Si tu continues à crier, je t'emporte dans la salle à manger...

— Vois-tu cette peau?... c'est le testament de Salomon! — Il est à moi Salomon, ce petit cuistre de roi!... J'ai l'Arabie, — Pétrée encore, — à moi! — L'univers?... — à moi... Tu es à moi, si je veux!... — Ah! si je veux!... Prends garde!... Je peux acheter toute ta boutique de poésie, tes hémistiches... Tu seras mon valet... Tu me feras des couplets et tu régleras mon papier!... Valet! *valet*, cela veut dire : Il se porte bien!

A ce mot, Émile emporta Raphaël dans la salle à manger.

— Eh bien! oui, mon ami, lui dit-il, je suis

ton valet. Mais, comme tu vas être rédacteur
en chef, tais-toi, sois décent... par considéra-
tion pour moi?... M'aimes-tu?...

— Si je t'aime! — Tu auras des cigares de
la Havane!... avec cette peau! — Toujours la
peau!... mon ami, — la peau souveraine!...
— Excellent topique, je peux guérir les
cors.

— As-tu des cors?... je te les ôte!...

— Jamais je ne l'ai vu si stupide...

— Stupide... mon ami? Non. — Cette peau
se rétrécit quand j'ai un désir... C'est une an-
tiphrase. — Le brachmane, — car il y a un
brachmane là-dessous! — le brachmane donc,
était un goguenard, parce que les désirs,
vois-tu? doivent étendre...

— Eh bien! oui...

— Je te dis...

— Oui, cela est très-vrai, je pense comme
toi...

— Je te dis...

— Oui...

— Tu ne me crois pas!... — Je te connais, mon ami!... — Tu es menteur comme un roi...

— Comment veux-tu que j'adopte les divagations de ton ivresse?

— Je te parie... puisque je peux te le prouver... Prenons la mesure.

— Allons, il ne s'endormira pas!... s'écria Émile en voyant Raphaël occupé à fureter dans la salle à manger. Valentin, animé d'une adresse de singe, grâce à cette singulière lucidité dont les phénomènes contrastent parfois, chez les ivrognes, avec les obtuses visions de l'ivresse, sut trouver une écritoire et une serviette, en répétant toujours :

— Prenons la mesure!... Prenons la mesure!...

— Eh bien, oui! reprit Émile, prenons la mesure !

Les deux amis étendirent la serviette, sur laquelle ils superposèrent la peau de chagrin. Émile, ayant la main plus assurée que ne l'était celle de Raphaël, décrivit à la plume, par une ligne d'encre, les contours du talisman, pendant que son ami lui disait :

— J'ai souhaité deux cent mille livres de rente, n'est-il pas vrai?... —Eh bien, quand je les aurai, tu verras la diminution de tout mon chagrin !...

— Oui, maintenant dors. Veux-tu que je t'arrange sur ce canapé?... Allons, es-tu bien?...

— Oui, mon nourrisson des muses. Tu m'amuseras, tu chasseras mes mouches! Tu as été l'ami du malheur, tu as le droit d'être l'ami du pouvoir. Aussi, je te donnerai des ci... ga... res de la Hav...

— Allons, cuve ton or, millionnaire.

— Toi, cuve tes hémistiches. —Bonsoir... Dis donc bonsoir à Nabuchodonosor !....

Amour! — A boire! France... gloire et riche...
Riche...

Bientôt les deux amis s'endormirent, unissant leurs ronflemens à la musique dont les salons retentissaient. Les bougies s'éteignirent, une à une, en faisant éclater leurs bobèches de cristal. Puis, la nuit enveloppa d'un crêpe cette longue orgie, dans laquelle le récit de Raphaël avait été comme une orgie de paroles, de mots sans idées, et d'idées auxquelles les expressions avaient souvent manqué.

XXXIV.

Le lendemain, vers midi, la belle Aquilina se leva, bâillant, fatiguée, et les joues marbrées par les empreintes du tabouret en velours peint sur lequel sa tête avait reposé.

Euphrasie, réveillée par le mouvement de sa compagne, se dressa tout à coup en jetant un cri rauque. Sa jolie figure, si blanche, si fraîche, la veille, était jaune et pâle comme celle d'une fille allant à l'hôpital.

Insensiblement les convives se remuèrent en poussant des gémissemens sinistres. Ils se sentirent les bras et les jambes tout raidis, et mille fatigues diverses les accablèrent à leur réveil.

Un valet vint ouvrir les persiennes et les fenêtres des salons. Alors, l'assemblée se trouva bientôt tout entière sur pied, rappelée à la vie par les chauds rayons du soleil qui semblaient avoir l'éclat d'une trompette, en pétillant sur les têtes des dormeurs.

Les mouvemens du sommeil ayant brisé l'élégant édifice de leurs coiffures ou fripé leurs toilettes, les femmes, frappées par l'éclat du jour, présentèrent un hideux spectacle. Leurs cheveux pendaient sans grâce, leurs physionomies avaient changé d'expression, leurs yeux si brillans étaient ternis par la lassitude. Puis, les teints bilieux qui jettent

tant d'éclat aux lumières faisaient horreur ; et les figures lymphatiques, si blanches, si molles quand elles sont reposées, étaient devenues vertes. Toutes les bouches naguère délicieuses et rouges, maintenant sèches et blanches, portaient les honteux stigmates de l'ivresse.

Les hommes reniaient leurs maîtresses nocturnes à les voir ainsi décolorées, cadavéreuses comme des fleurs écrasées dans une rue après le passage des processions.

Mais ces hommes dédaigneux étaient plus horribles encore. Vous eussiez frémi de voir ces faces humaines, aux yeux caves et cernés qui semblaient ne rien voir, engourdies par le vin, hébétées par un sommeil gêné, plus fatigant que réparateur. Ces visages hâves, où paraissaient à nu tous les appétits physiques sans la poésie dont notre âme les décore, avaient je ne sais quoi de féroce et de froidement bestial.

Ce réveil du vice sans vêtemens et sans

fard, ce squelette du Mal, tout déguenillé, froid, vide et privé des sophismes de l'esprit, ou des enchantemens du luxe, épouvanta ces intrépides athlètes, tout habitués qu'ils fussent à lutter avec la débauche. Artistes et courtisanes gardèrent le silence, examinant d'un œil hagard le désordre de l'appartement où tout avait été dévasté, ravagé par le feu des passions.

Puis, un rire satirique s'éleva tout à coup lorsque le banquier, entendant le râle sourd de ses hôtes, essaya de les saluer par une grimace. Son visage en sueur et sanguinolent fit planer sur cette scène infernale l'image du crime sans remords. Le tableau fut complet.

C'était la vie fangeuse, au sein du luxe; un horrible mélange des pompes et des misères humaines; le réveil de la Débauche quand, de ses mains fortes, elle a pressé tous les fruits de la vie pour ne laisser autour d'elle que d'ignobles débris ou des mensonges auxquels elle ne croit plus. Vous eussiez dit la Mort souriant au milieu d'une famille pesti-férée.... Plus de parfums, plus de lumières étourdissantes, plus de gaîté, plus de désirs.... Mais le dégoût avec ses odeurs nauséabondes et sa poignante philosophie; puis, le soleil, éclatant comme la vérité; puis, un air pur comme la vertu, qui contrastaient avec une atmosphère chaude, chargée de miasmes, les miasmes d'une orgie !...

Malgré leur habitude du vice, quelques-unes de ces jeunes filles pensèrent à leur réveil d'autrefois; quand, innocentes et pures, elles entrevoyaient, par leurs croisées champêtres, ornées de chèvrefeuilles et de roses, un frais paysage, enchanté par les joyeuses roulades de l'alouette, vaporeusement illuminé par les lueurs de l'aurore et paré des fantaisies de la rosée...

D'autres se peignirent le déjeuner de la fa-mille, la table autour de laquelle riaient in-

nocemment les enfans et le père, où tout res-
pirait un charme indéfinissable, où les mets
étaient simples comme les cœurs.

Un artiste songeait à la paix de son atelier, à sa chaste statue, au gracieux modèle
qui l'attendait. Un jeune homme, se souvenant du procès d'où dépendait le sort d'une
famille, pensait à la transaction importante
qui réclamait sa présence. Le savant regret-
tait son cabinet où l'appelait un noble ouvrage... Presque tous se plaignaient d'eux-
mêmes.

En ce moment, Émile, frais et rose comme
le plus joli des commis-marchands d'une boutique en vogue, apparut en riant.

— Vous êtes plus laids que des recors!.....
s'écria-t-il. Vous ne pourrez rien faire aujourd'hui. La journée est perdue..... M'est
avis de déjeuner...

A ces mots, le banquier sortit pour donner
des ordres. Les femmes allèrent, languissam-

ment, rétablir le désordre de leurs toilettes devant les glaces. Chacun se secoua. Les plus vicieux prêchèrent les plus sages. Les courtisanes se moquèrent de ceux qui paraissaient ne pas se trouver de force à continuer ce rude festin. En un moment, ces spectres s'animèrent, formèrent des groupes, s'interrogeant, souriant.

Quelques valets habiles et lestes remirent promptement les meubles et chaque chose en sa place.

Un déjeuner splendide fut servi.

Les convives se ruèrent alors dans la salle à manger. Là, si tout porta l'empreinte ineffaçable des excès de la veille, au moins, y eut-il trace d'existence et de pensée comme dans les dernières convulsions d'un mourant. C'était le convoi du Mardi gras, espèce de saturnale enterrée par des masques fatigués de leurs danses, ivres de l'ivresse, et voulant convaincre le plaisir d'impuissance pour ne pas s'avouer la leur.

Au moment où cette intrépide assemblée borda la table du capitaliste, le notaire, qui, la veille, avait disparu prudemment après le dîner, montra sa figure officieuse sur laquelle errait un doux sourire. Il semblait avoir deviné quelque succession à déguster, à partager, à inventorier, à grossoyer, toute pleines d'actes à faire, grosse d'honoraires, aussi juteuse que le filet tremblant dans lequel l'amphitryon plongeait alors son couteau.

— Oh! oh! nous allons déjeuner par-devant notaire!... s'écria le vaudevilliste.

— Vous arrivez à propos pour coter et parapher toutes ces pièces!... lui dit le banquier en lui montrant le festin.

— Il n'y pas de testament à faire, mais pour des contrats de mariage, peut-être...

— Oh! oh!...

— Ah! ah!...

— Un instant !... répliqua le notaire, as-
sourdi par un chœur de mauvaises plaisanteries, je viens ici pour affaire sérieuse... J'apporte six millions à l'un de vous !...

Silence profond.

— Monsieur, dit-il en s'adressant à Raphaël, qui, dans ce moment, s'occupait, sans
cérémonie, à s'essuyer les yeux avec un coin
de sa serviette, madame votre mère n'était-
elle pas une demoiselle O'Flaharty ?

— Oui, répondit Raphaël assez machina-
lement. — *Barbe-Marie-Charlotte*, née à Tours.

— Avez-vous ici, reprit le notaire, votre
acte de naissance et celui de madame de Valentin ?...

— Je le crois...

— Eh bien ! Monsieur, vous êtes seul et
unique héritier du major Martin O'Flaharty,
décédé en août 1828, à Calcutta... Le major
ayant disposé, par son testament, de plusieurs sommes en faveur de quelques établis-

semens publics, sa succession a été réclamée
à la Compagnie des Indes par le gouvernement français... Or, elle est en ce moment
claire, palpable, liquide ; et depuis quinze
jours, je cherchais infructueusement les ayans-
cause de la demoiselle Barbe-Marie-Charlotte
O'Flaharty, lorsque — hier — à table...

En ce moment, Raphaël se leva soudain,
laissant échapper le mouvement brusque d'un
homme qui reçoit une blessure. Il y eut
comme une acclamation silencieuse, car le
premier sentiment des convives fut une sourde
et cruelle envie. Tous les yeux se tournèrent
vers lui comme autant de flammes. Puis, un
murmure, semblable à celui d'un parterre
qui se courrouce, une rumeur commença,
grossit, et chacun dit un mot pour saluer
cette fortune immense apportée par le notaire.

Rendu à toute sa raison par la brusque
obéissance du Sort, Raphaël étendit prompte-

ment sur la table la serviette avec laquelle il avait naguère mesuré la peau de chagrin. Sans rien écouter, il y superposa le talisman et frissonna violemment en voyant une assez grande distance entre le contour tracé sur le linge et celui de la peau.

— Hé bien ! qu'a-t-il donc ?... s'écria le banquier.

— *Soutiens-le, Chatillon!*... dit un peintre à Émile. La joie va le tuer!...

Une horrible pâleur dessina tous les muscles de la figure flétrie de cet héritier; ses traits se contractèrent; les saillies de son visage blanchirent; les creux en devinrent sombres; le masque, livide; et les yeux, fixes.

Il voyait la MORT.

Ce banquier splendide, entouré de courtisanes fanées, de visages rassasiés, cette agonie de la joie, était une vivante image de sa vie... Il regarda trois fois le talisman qui jouait à l'aise dans les lignes impitoyables et capri-

cieuses imprimées sur la serviette; il essayait
de douter; mais un clair pressentiment anéan-
tissait son incrédulité. Le monde lui appartenait, il pouvait tout et ne voulait plus rien.

Comme un voyageur au milieu du désert,
il avait un peu d'eau pour sa soif et devait me-
surer sa vie au nombre des gorgées. Il voyait
clairement ce que chaque désir devait lui coû-
ter de jours. Puis, il croyait à la *peau de chagrin*. S'écoutant respirer, il se sentait déjà
malade. Il se demandait :

— Ne suis-je pas pulmonique?... Ma mère
n'est-elle pas morte de la poitrine?...

— Ah! ah! Raphaël, vous allez bien vous
amuser!... Que me donnerez-vous?... disait
Aquilina.

— Buvons à la mort de son oncle, le major
Martin O'Flaharty!... Voilà un homme!

— Il sera pair de France!...

— Auras-tu ta loge aux Bouffons?...

— J'espère que vous nous régalerez tous!...

— Un homme comme lui sait faire grande-
ment les choses !...

Le hourra de cette assemblée rieuse réson-
nait à ses oreilles sans qu'il pût saisir le sens
d'un seul mot. Il pensait vaguement à l'existence mécanique et *sans désirs* d'un paysan de
Bretagne, chargé d'enfans, labourant son
champ, mangeant du sarrasin, buvant du ci-
dre à même son *piché*, croyant à la Vierge et
au roi, communiant à Pâques, dansant le dimanche sur une pelouse verte et ne comprenant pas le sermon de son *recteur*.

Tout ce qui s'offrait en ce moment à ses regards : ces lambris dorés, ces courtisanes, ces
repas, ce luxe, le prenaient à la gorge et le faisaient tousser...

— Désirez-vous des asperges ?... lui cria le
banquier.

— *Je ne désire rien !...* lui répondit Raphaël
d'une voix tonnante.

— Bravo !... répliqua l'amphitryon. Vous

comprenez la fortune. Elle doit être un brevet
d'impertinence. — Vous êtes des nôtres !....
Messieurs, buvons à la puissance de l'or. M. de
Valentin devenu six fois millionnaire arrive
au pouvoir... Il est roi ! Il peut tout, il est au
dessus de tout, comme le sont tous les riches...
Il n'obéira pas aux lois, les lois lui obéiront.
Il n'y a pas d'échafaud, pas de bourreaux
pour les millionnaires !...

— Oui, répliqua Raphaël, car ils sont eux-
mêmes leurs bourreaux !

— Oh ! oh !... cria le banquier. Buvons !...

— Buvons !... répéta Raphaël en mettant le
talisman dans sa poche.

— Que fais-tu là ?... dit Émile en lui arrêtant la main...

— Messieurs, ajouta-t-il en s'adressant à
l'assemblée assez surprise des manières de
Raphaël, apprenez que notre ami de Valentin... que dis-je ? LE MARQUIS DE VALENTIN !...
possède un secret pour faire fortune. Ses sou-

haits sont accomplis au moment même où il les forme. Or, à moins de passer pour un laquais, pour un homme sans cœur, il va nous enrichir tous...

— Ah! Raphaël, je veux une parure de perles!... s'écria Euphrasie.

— S'il est reconnaissant, il me donnera deux voitures attelées de beaux chevaux qui aillent vite! dit Aquilina.

— Souhaitez-moi cent mille livres de rente.

— Des cachemires!...

— Payez mes dettes!...

— Envoie une apoplexie à mon oncle, le grand sec!...

— Raphaël?... je te tiens quitte à dix mille livres de rente.

— Que de donations!... s'écria le notaire.

— Il devrait bien me guérir de la goutte.

— Faites baisser les rentes! s'écria le banquier.

Toutes ces phrases partirent comme les gerbes du bouquet qui termine un feu d'artifice, et ces furieux désirs étaient peut-être plus sérieux que plaisans.

— Mon cher ami, dit Émile d'un air grave, je me contenterai de deux cent mille francs de rente... Allons... exécute-toi de bonne grâce... Allons !...

— Émile !... dit Raphaël, tu ne sais donc pas à quel prix ?...

— Belle excuse !... s'écria le poëte. Ne devons-nous pas nous sacrifier pour nos amis....

— Alors j'ai presque envie de souhaiter votre mort à tous !... répondit Valentin en jetant un regard sombre et profond sur les convives.

— Les mourans sont furieusement cruels !... dit Émile en riant.

— Te voilà riche !... ajouta-t-il sérieusement. Eh bien ! je ne te donne pas deux mois pour devenir fangeusement égoïste ! — Tu es déjà stupide! — Tu ne comprends pas une plaisanterie... Il ne te manque plus que de croire à ta peau de chagrin!...

Raphaël, craignant les moqueries de cette assemblée, garda le silence; mais il but outre mesure et s'enivra pour oublier un moment sa funeste puissance.

FIN DE LA DEUXIÈME PARTIE.

L'AGONIE.

TROISIÈME PARTIE.

L'AGONIE.

XXXV.

Dans les premiers jours du mois de décembre, un vieillard, septuagénaire au moins, allait, malgré la pluie, par la rue de Varennes, levant le nez à la porte de chaque hôtel et cherchant l'adresse de M. le marquis Raphaël de Valentin, avec la naïveté d'un enfant et l'air absorbé des philosophes. Il y avait sur cette figure, accompagnée de longs cheveux gris en désordre et desséchée comme un vieux parchemin qui se tord dans le feu, l'empreinte d'un violent chagrin, aux prises avec un caractère despotique.

Si quelque peintre eût rencontré ce singulier personnage, vêtu de noir, maigre et ossu; sans doute, il l'aurait, de retour à l'atelier, transfiguré sur son album, en inscrivant au-dessous du portrait :

Poëte classique en quête d'une rime.

Cette vivante palingénésie de Rollin, ayant vérifié le numéro qui lui avait été indiqué, frappa doucement à la porte d'un magnifique hôtel.

— Monsieur Raphaël y est-il ?... demanda le bonhomme à un suisse en livrée.

— M. le marquis ne reçoit personne !... répondit le valet en avalant une énorme mouillette qu'il retirait d'un large bol de café.

— Sa voiture est là !... répondit le vieil inconnu en montrant un brillant équipage arrêté sous le dais de bois, représentant une tente de coutil, par laquelle les marches du perron étaient abritées. Il va sortir, je l'attendrai.

— Ah ! ah ! mon ancien, vous pourriez bien rester ici jusqu'à demain matin... reprit le suisse. Il y a toujours une voiture toute prête pour Monsieur... Mais sortez, je vous prie. Je perdrais six cents francs de rente viagère, si je laissais, une seule fois, entrer, sans ordre, une personne étrangère à l'hôtel...

En ce moment, un grand vieillard, dont le costume ressemblait assez à celui d'un huissier ministériel, sortit du vestibule et descendit précipitamment quelques marches en examinant le vieux solliciteur éhahi.

— Au surplus, voici monsieur Jonathas !...
dit le suisse. Parlez-lui...

Alors, les deux vieillards, attirés l'un vers
l'autre par une sympathie ou par une curiosité
mutuelle, se rencontrèrent au milieu de la
vaste cour d'honneur, à un rond point où
croissaient quelques touffes d'herbes entre
les pavés. Un silence effrayant régnait dans
cet hôtel. Et en voyant Jonathas, vous eussiez voulu pénétrer le mystère qui planait sur
sa figure, et dont tout parlait dans cette
maison morne.

Le premier soin de Raphaël, en recueillant
l'immense succession de son oncle, avait été
de découvrir où vivait le vieux serviteur dé-
voué, dont il s'était séparé après l'enterrement
de son père, et sur l'affection duquel il pouvait compter. Jonathas pleura de joie en re-
voyant son jeune maître, auquel il croyait
avoir dit un éternel adieu. Mais rien n'égala

son bonheur quand le marquis le promut aux éminentes fonctions d'intendant.

Le vieux Jonathas était une puissance intermédiaire placée entre Raphaël et le monde entier. Ordonnateur suprême de la fortune de son maître et l'exécuteur aveugle d'une pensée inconnue, il était comme un sixième sens à travers lequel les émotions de la vie arrivaient à Raphaël.

— Monsieur, dit le vieillard à Jonathas en montant quelques marches du perron pour se mettre à l'abri de la pluie, je désirerais parler à monsieur Raphaël.

— Parler à monsieur le marquis !..... s'écria l'intendant. — A peine m'adresse-t-il la parole à moi, son père nourricier.

— Mais je suis aussi son père nourricier !... s'écria le vieil homme. Si votre femme l'a jadis allaité, je lui ai fait sucer moi-même le sein des muses !... Il est mon nourrisson, mon enfant, mon élève, *carus alumnus* ! J'ai façonné

sa cervelle, son entendement, développé son
génie, et j'ose le dire, à mon honneur et
gloire!... N'est-il pas un des hommes les plus
remarquables de notre époque?... Je l'ai eu,
sous moi, en sixième, en troisième et en rhé-
torique. Je suis son professeur...

— Ah! monsieur est monsieur Porriquet...

— Précisément... — Mais, monsieur...

— Chut... chut... fit Jonathas à deux mar-
mitons dont les voix, s'élevant un peu trop,
rompaient le silence claustral dans lequel la
maison était ensevelie.

— Mais, monsieur... reprit le professeur,
M. le marquis serait-il malade?...

—Mon cher Monsieur, répondit Jonathas,
Dieu seul sait ce qu'a mon maître!... —
Voyez-vous. — Il n'y a pas à Paris deux maisons semblables à la nôtre... — Entendez-
vous?... Deux maisons?... ma foi, non!...
M. le marquis a fait acheter cet hôtel. — Il
appartenait précédemment à un duc et pair.

— Il a dépensé trois cent mille francs pour le meubler. — Voyez-vous ? — C'est une somme, trois cent mille francs ! — Mais chaque pièce de notre maison est un vrai miracle.

— Bon ! me suis-je dit, en voyant toute cette magnificence ; c'est comme chez défunt M. son père ! M. le marquis va recevoir la ville et la cour !... Point. Monsieur n'a voulu voir personne. — Il mène une drôle de vie, Monsieur Porriquet, entendez-vous ?... — Une vie inconciliable.

— Ainsi, Monsieur se lève tous les jours à la même heure. Il n'y a que moi, moi seul, — voyez-vous ? — qui puisse entrer dans sa chambre. J'ouvre à sept heures, été comme hiver. — Cela est convenu singulièrement. — Et alors, — étant entré, — je lui dis :

— Monsieur le marquis, il faut vous réveiller et vous habiller...

Alors il se réveille et s'habille... Je dois lui donner sa robe de chambre, toujours faite de la même façon, et de même étoffe. — Je suis obligé de la remplacer, — voyez-vous, — quand elle ne pourra plus servir, rien que pour lui éviter la peine d'en demander une neuve. — C'te imagination!... Au fait, il a mille francs à manger par jour. — Il fait ce qu'il veut, ce cher enfant. — Je l'ai vu tout petit. — Il me dirait de faire autre chose plus difficile, je le ferais encore, entendez-vous?... — Au reste, il m'a chargé d'un tas de vétilles. — Il y en a bien assez pour m'occuper... — Il lit les journaux, pas vrai? — Ordre de les mettre au même endroit, sur la même table. — Je viens aussi, à la même heure, lui faire moi-même la barbe. Le cuisinier perdrait mille écus de rente viagère qui l'attendent après la mort de Monsieur, si le déjeuner ne se trouvait pas inconciliablement servi devant Monsieur, à dix heures, tous les matins, et le dîner à cinq heures précises. Le menu a été dressé pour l'année entière, jour par jour.

— M. le marquis n'a rien à souhaiter. Il a des
fraises quand y a des fraises, et le premier ma-
quereau qui arrive à Paris, il le mange. Le programme est imprimé, il sait le matin son dîner
par cœur. — Pour lors, il s'habille à la même
heure avec les mêmes habits, le même linge,
posés — toujours par moi, entendez-vous ? —
sur le même fauteuil. — Je dois encore veiller
à ce qu'il ait toujours le même drap, et, en
cas de besoin, si sa redingote s'abîme, une
supposition, la remplacer par une autre, sans
lui en dire un mot.

S'il fait beau, j'entre et je dis à mon
maître :

— Vous devriez sortir, Monsieur ?...

Il me répond — oui ! ou non !...

S'il a idée de se promener, il n'attend pas
ses chevaux. — Ils sont toujours attelés, et
le cocher reste inconciliablement, fouet en
main, comme vous le voyez là.

Le soir, après le dîner, Monsieur va un jour à l'Opéra et l'autre aux... Mais non... il n'a pas encore été aux Italiens, parce que je n'ai pu me procurer une loge qu'hier... Puis, il rentre à onze heures précises pour se coucher.

Pendant les intervalles de la journée où il ne fait rien, il lit, — il lit toujours, voyez-vous ?... — C'est une idée qu'il a...

J'ai ordre de lire avant lui le journal de la littérature et des livres, afin d'acheter tous les ouvrages nouveaux qui paraissent pour qu'il puisse les trouver, le jour même de leur vente, sur sa cheminée.

J'ai la consigne d'entrer d'heure en heure, chez lui, pour veiller au feu, à tout — et pour voir à ce que rien ne lui manque.

Il m'a donné, Monsieur, un petit livre à apprendre par cœur et où sont écrits tous mes devoirs, un vrai catéchisme... En été, je dois, avec des tas de glaces, maintenir la température au même degré de fraîcheur, et mettre en tout temps des fleurs nouvelles partout. — Il est riche ! — Il a mille francs à manger par jour. Il peut faire ses fantaisies. — Il a été privé assez long-temps du nécessaire, le pauvre enfant !... Il ne tourmente personne ; il est bon comme le bon pain ; jamais ne dit mot ; mais, par exemple, silence complet à l'hôtel, dans le jardin !... Enfin, M. le marquis n'a pas un seul désir à former. — Voyez-vous ? — Tout marche au doigt et à l'œil,   et *recta !*...

C'est moi qui lui dis tout ce qu'il doit faire, et il m'écoute... Vous ne sauriez croire à quel point il a poussé la chose... — Ses appartemens sont... en... en... comment donc ?... ah ! en enfilade ! Eh bien, il ouvre, — une supposition, — la porte de sa chambre ou de son cabinet... crac !... — toutes les portes s'ouvrent d'elles-mêmes par un mécanisse... Pour lors, il peut aller d'un bout à l'autre de sa maison sans trouver une seule porte fermée... C'est gentil... et commode !... et agréable pour nous autres !... Ça nous a coûté gros, par exemple...

Enfin, finalement, monsieur Porriquet, il m'a dit : — Jonathas, tu auras soin de moi comme d'un enfant au maillot... — Au maillot... oui, Monsieur, au maillot qu'il a dit... Tu penseras à mes besoins, pour moi...

Je suis le maître, — entendez-vous ?... et il est quasiment le domestique. — Le pourquoi ?... Ah! par exemple !... voilà ce que personne au monde ne sait que lui et le bon Dieu. C'est inconciliable !...

— Il fait un poëme !... s'écria le vieux professeur.

— Vous croyez, monsieur, qu'il fait un poëme... C'est donc bien assujettissant, ça !... Mais, voyez-vous, je ne crois pas. Il me répète souvent qu'il veut vivre comme une vergétation, en vergétant.... Et pas plus tard qu'hier, — Monsieur Porriquet, — il regardait une tulipe et il disait en s'habillant :

— Voilà ma vie. Je vergète, mon pauvre Jonathas...

A cette heure, d'autres prétendent qu'il est *monomane*... — C'est inconciliable...

— Tout me prouve, Jonathas... reprit le professeur avec une gravité magistrale qui imprima un profond respect au vieux valet de chambre, que monsieur Raphaël s'occupe d'un grand ouvrage... Il est plongé dans de vastes méditations et ne veut pas en être distrait par les préoccupations de la vie vulgaire... Au milieu de ses travaux intellectuels, un homme de génie oublie tout. — Un jour le célèbre Newton...

— Ah! Newton!... bien! dit Jonathas. Je ne le connais pas.

— Newton, un grand géomètre, reprit

Porriquet, passa vingt-quatre heures, le coude appuyé sur une table ; et quand il sortit de sa rêverie, il croyait le lendemain être encore à la veille, comme s'il eût dormi... Je vais aller le voir, ce cher enfant ! Je peux lui être utile.

— Minute !... s'écria Jonathas. Vous seriez le roi de France, le nouveau, — s'entend ! — que vous n'entreriez pas à moins de forcer les portes et de me marcher sur le corps... Mais, monsieur Porriquet, je cours lui dire que vous êtes là... et je lui demanderai :

— Faut-il le faire monter ?...

Il répondra *oui* ou *non*. — Jamais je ne lui dis : — *Souhaitez-vous ? voulez-vous ? désirez-vous ?* Ces mots-là !... — rayés de la conversation. — Une fois il m'en est échappé un : — Veux-tu me faire mourir ?... m'a-t-il dit, tout en colère...

Et Jonathas laissa le vieux professeur dans le vestibule, en lui faisant signe de ne pas avancer.

XXXVI.

Jonathas revint assez promptement avec une réponse favorable, et conduisit le vieil émérite à travers de somptueux appartemens dont toutes les portes étaient ouvertes.

M. Porriquet aperçut, de loin, son élève, au coin d'une cheminée. Raphaël, enveloppé d'une robe de chambre à grands dessins, et plongé dans un fauteuil à ressorts, lisait le journal. L'extrême mélancolie à laquelle il paraissait être en proie, était exprimée par l'attitude maladive, de son corps affaissé, peinte sur son front et sur son visage, pâles comme une fleur étiolée. Ses mains, semblables à celles d'une jolie femme, avaient une blancheur molle et délicate. Ses cheveux blonds, devenus rares, se bouclaient autour de ses tempes par une coquetterie cherchée. Il y avait dans toute sa personne cette grâce efféminée et ces bizarreries particulières aux malades riches. Sa calotte grecque, entraînée par un gland trop lourd pour le léger cachemire dont elle était faite, pendait sur un côté de sa tête. Cependant, la faiblesse générale de son jeune corps était démentie par ses yeux bleus où toute la vie semblait s'être retirée, où brillait un sentiment extraordinaire et dont l'expression saisissait tout d'abord. Ce regard faisait mal à voir.

Les uns pouvaient y lire du désespoir ;
d'autres, y deviner un combat intérieur,
aussi terrible qu'un remords...

C'était le coup d'œil profond de l'impuis-
sant qui refoule ses désirs au fond de son
cœur, ou celui de l'avare jouissant par la pensée de tous les plaisirs que son argent pourrait lui procurer, mais s'y refusant pour ne
pas amoindrir son trésor.

Ou, le regard du Prométhée enchaîné!...
Napoléon déchu, qui apprend, à l'Élysée, en
1815, la faute stratégique commise par ses ennemis, qui demande le commandement pour
vingt-quatre heures et qui ne l'obtient pas!...
Véritable regard de conquérant et de damné!...

Et, mieux encore, le regard que, vingt
jours auparavant, Raphaël avait jeté sur la
Seine ou sur sa dernière pièce d'or mise au
jeu!...

Il soumettait sa volonté, son intelligence
au grossier bon sens d'un vieux paysan, à

peine civilisé par une domesticité de cinquante années ; il abdiquait la vie pour vivre, dépouillait son âme de toutes les poésies du désir, presque joyeux de devenir une sorte d'automate. Il voulait braver la mort ; et, pour mieux lutter avec la cruelle puissance dont il avait accepté le défi, il s'était fait chaste à la manière d'Origène, en châtrant son imagination.

Le lendemain du jour où, soudainement enrichi par un testament, il avait vu décroître la peau de chagrin, il s'était trouvé chez son notaire. Là, un médecin assez en vogue avait raconté, sérieusement, au dessert, la manière dont un Suisse attaqué d'une pulmonie s'en était guéri. Cet homme n'avait pas dit un mot pendant dix ans et s'était soumis à ne respirer que vingt fois par minute dans l'air épais d'une vacherie, en suivant un régime alimentaire extrêmement doux.

— Je serai cet homme !... se dit en lui-même Raphaël qui voulait vivre à tout prix...

Et, au sein du luxe, il reprit une vie studieuse, la vie d'une machine à vapeur.

Quand le vieux professeur envisagea ce
jeune cadavre, il tressaillit. Tout lui semblait
artificiel dans ce corps fluet et débile.

En voyant le marquis à l'œil dévorant, au
front chargé de pensées, il ne put reconnaître
l'élève au teint frais et rose, aux membres ju-
véniles dont il avait gardé le souvenir... Si le
classique bonhomme, critique sagace et con-
servateur du bon goût, avait lu lord Byron,
il aurait cru voir Manfred, là où il eût voulu
trouver Childe-Harold.

— Bonjour, mon bon père Porriquet!... dit
Raphaël à son professeur en pressant les
doigts glacés du vieillard dans une main brûlante et moite. — Comment vous portez-
vous?

—Mais, moi, je vais bien... répondit le

vieillard effrayé par le contact de cette main fiévreuse. — Et vous ?...

— Oh! j'espère me maintenir en bonne santé...

— Vous travaillez sans doute à quelque bel ouvrage ?...

— Non, répondit Raphaël... *Exegi monumentum...* père Porriquet. — J'ai achevé une grande page et j'ai dit adieu pour toujours à la Science. — Je sais même à peine où se trouve mon manuscrit.

— Le style en est pur, sans doute? demanda le professeur. Vous n'aurez pas, j'espère, adopté le langage barbare de cette nouvelle école qui croit faire merveille en inventant Ronsard...

— Mon ouvrage est une œuvre purement physiologique...

— Oh !... tout est dit, reprit le professeur. Dans les sciences, la grammaire doit se prêter aux exigences des découvertes. Néan-

moins, mon enfant, un style clair, harmonieux, la langue de Fénelon, de Monsieur de
Buffon, de Racine, un style classique enfin !
ne gâte jamais rien...

Mais, mon bon ami, reprit le professeur en
s'interrompant, j'oubliais l'objet de ma visite.
— C'est une visite intéressée !...

Raphaël, se rappelant trop tard la ver-
beuse élégance et les éloquentes périphrases
auxquelles un long professorat avait habitué
son maître, se repentit presque de l'avoir
reçu ; mais, au moment où il allait souhaiter
de le voir dehors, il comprima promptement
son secret désir en jetant un furtif coup d'œil
à la peau de chagrin, suspendue devant lui et
appliquée sur une étoffe blanche où ses contours fatidiques étaient soigneusement des-
sinés par une ligne rouge qui l'encadrait
exactement.

Depuis la fatale orgie, Raphaël, étouffant
le plus léger de ses caprices, avait vécu de

manière à ne pas causer le moindre tressaillement à ce terrible talisman. La peau de
chagrin était comme un tigre avec lequel il
lui fallait vivre, sans en réveiller la férocité...

Alors, il écouta patiemment les amplifica-
tions du vieux professeur. Le père Porriquet
mit une heure à lui raconter les persécutions
dont il était devenu l'objet depuis la révolution de juillet.

Le bonhomme, voulant un gouvernement
fort, avait émis le vœu patriotique de laisser
les épiciers à leurs comptoirs; les hommes
d'état, au maniement des affaires publiques;
les avocats, au Palais; les pairs de France,
au Luxembourg; et, alors un des ministres
populaires du Roi-citoyen l'avait banni de sa
chaire, en l'accusant de carlisme. Chose assez
étrange!...

Le vieillard se trouvait sans place, sans retraite et sans pain.

Étant la providence d'un pauvre neveu dont
il payait la pension au séminaire de Saint-

Sulpice, il venait, moins pour lui-même que pour son enfant adoptif, prier son ancien élève de réclamer auprès du nouveau ministre, non sa réintégration, mais l'emploi de proviseur dans quelque collége de province...

Raphaël était en proie à une somnolence invincible, lorsque la voix monotone du bon-homme cessa de retentir à ses oreilles. Obligé, par politesse, de regarder les yeux blancs et presque immobiles de ce vieillard au débit lent et lourd, il avait été stupéfié, magnétisé par une inexplicable force d'inertie.

— Hé bien ! mon bon père Porriquet, répliqua-t-il sans savoir précisément à quelle interrogation il répondait, je n'y puis rien... rien du tout. — *Je souhaite seulement bien vivement* que vous réussissiez !... Je suis tout à vous.

En ce moment, sans s'apercevoir de l'effet que produisirent sur le front jaune et ridé du vieillard ces banales paroles, pleines d'é-

goïsme et d'insouciance, Raphaël se dressa
comme un jeune chevreuil. Il vit une légère
ligne blanche entre le bord de la peau noire
et le dessin rouge; alors, il poussa un cri si
terrible que le pauvre professeur en fut épouvanté.

— Allez, vieille bête!... s'écria-t-il : vous
serez nommé proviseur!... Ne pouviez-vous
pas me demander une rente viagère de dix
mille écus plutôt que ma protection?... Alors
votre visite ne m'aurait rien coûté!... Il y a
cent mille emplois en France, et je n'ai qu'une
vie!... Une vie d'homme vaut plus que tous
les emplois du monde!... Jonathas!... Jonathas!...

Jonathas parut.

— Voilà de tes œuvres, triple sot!... Pourquoi m'as-tu proposé de recevoir Monsieur?...
dit-il en lui montrant le vieillard pétrifié.
T'ai-je remis mon âme entre les mains pour
la déchirer?... Tu m'arraches en ce moment

dix années d'existence!... Encore une faute comme celle-ci, et tu me conduiras à la demeure où j'ai conduit mon père!... N'aurais-je pas mieux aimé posséder la belle lady Branston que d'obliger cette vieille carcasse, espèce de haillon humain?... J'ai de l'or pour lui!... Et, d'ailleurs, quand tous les Porriquet du monde mourraient de faim, qu'est-ce que cela me ferait!...

La colère avait blanchi le visage de Raphaël, une légère écume sillonnait ses lèvres tremblantes, et l'expression de ses yeux était épouvantable. A cet aspect, les deux vieillards furent saisis d'un tressaillement convulsif, comme deux enfans en présence d'un serpent.

Le jeune homme tomba sur son fauteuil. Alors il se fit une sorte de réaction dans son âme. Des larmes coulèrent abondamment de ses yeux flamboyans.

— Oh! ma vie!... ma belle vie!... dit-il. Plus

de bienfaisantes pensées!... Plus d'amour!...
— plus rien.

Il se tourna vers le professeur.

— Le mal est fait, mon vieil ami... reprit-il
d'une voix douce... Je vous aurai largement
récompensé de vos soins... — Et mon malheur
aura, du moins, produit le bien d'un bon et
digne homme!...

Il y avait tant d'âme dans l'accent qui accompagnait ces paroles presque inintelligibles
que les deux vieillards pleurèrent comme on
pleure en entendant un air attendrissant
chanté dans une langue étrangère.

— Il est épileptique!... dit M. Porriquet à
voix basse.

— Je reconnais votre bonté, mon ami!...
reprit doucement Raphaël. Vous voulez m'ex-
cuser. La maladie est un accident, tandis que
l'inhumanité serait un vice... un crime... Laissez-moi, maintenant, ajouta-t-il. Vous rece-

vrez demain ou après-demain, peut-être même ce soir, votre nomination. Adieu.

Le vieillard se retira, pénétré d'horreur et en proie à de vives inquiétudes sur la santé morale de Valentin. Cette scène avait eu pour lui quelque chose de surnaturel. Il doutait de lui-même et s'interrogeait comme s'il se fût réveillé après un songe pénible.

— Écoute, Jonathas!... reprit le jeune homme en s'adressant à son vieux serviteur. Tâche de comprendre la mission que je t'ai confiée!

— Oui, monsieur le marquis.

— Je suis comme un homme mis hors la loi commune...

— Oui, monsieur le marquis.

— Toutes les jouissances de la vie se jouent autour de mon lit de mort, et dansent comme de belles femmes devant moi : si je les appelle?... je meurs. Toujours la mort!... Tu dois être une barrière entre le monde et moi.

— Oui, monsieur le marquis, dit le vieux valet en essuyant les gouttes de sueur qui chargeaient son front ridé. Mais, si vous ne voulez pas voir de belles femmes, comment ferez-vous ce soir aux Italiens?... — Une famille anglaise qui repart pour Londres m'a cédé le reste de son abonnement, et vous avez une belle loge. Oh! une loge superbe!... Aux premières.

Raphaël, tombé dans une profonde rêverie, n'écoutait plus...

et

ıx

ui

ne

nt

ne

l'a

ez

ıx

e-

XXXVII.

Voyez-vous cette fastueuse voiture?... ce coupé simple en dehors, de couleur brune, mais sur les panneaux duquel brille l'écusson d'une antique et noble famille? Quand ce coupé passe rapidement, les grisettes l'admirent, en convoitent le satin jaune, la soie onduleuse, le tapis de la Savonnerie, la passe-

menterie fraîche comme une paille de riz tres-
sée par des mains blanches, les moelleux coussins, et les glaces muettes... Deux laquais en
livrée se tiennent derrière cette voiture aristocratique, — mais au fond, sur la soie, gît
une tête brûlante aux yeux cernés, Raphaël,
triste et pensif : — fatale image de la richesse!... Il court à travers Paris comme une
fusée, arrive au péristyle du théâtre Favart,
le marche-pied se déploie, ses deux valets le
soutiennent, une foule envieuse le regarde.

— Qu'a-t-il fait celui-là pour être si riche?...
dit un pauvre étudiant en droit qui, faute
d'un écu, ne pouvait entendre les magiques
accords de Rossini.

Raphaël marcha lentement dans les corri-
dors de la salle, ne se promettant aucune
jouissance de ces plaisirs si fort enviés jadis.
En attendant le second acte de la *Semiramide*,
il se promena au foyer, errant à travers les
galeries, insouciant de sa loge, dans laquelle

il n'était pas encore entré. Le sentiment de la propriété n'existait déjà plus au fond de son cœur. Semblable à touu les malades, il ne songeait qu'à son mal.

Appuyé sur le manteau de la cheminée, autour de laquelle abondaient, au milieu du foyer, les élégans, jeunes et vieux, d'anciens et de nouveaux ministres, puis des pairs sans pairie, et des pairies sans pair, telles que les a faites la révolution de juillet, enfin tout un monde de spéculateurs et de journalistes, Raphaël vit à quelques pas de lui, parmi toutes les têtes, une figure étrange et surnaturelle. Il s'avança en clignant les yeux fort insolemment vers cet être bizarre, afin de le contempler de plus près.

— Quelle admirable peinture !... se dit-il.

Les sourcils, les cheveux et la virgule *à la Mazarin* dont l'inconnu semblait faire parade, étaient teints en noir; mais, appliqué sur une chevelure sans doute trop blanche, le cosmé-

11. 4ᵉ édit.   12

tique avait produit une couleur violâtre et
fausse dont les teintes changeaient suivant les
reflets plus ou moins vifs des lumières. Son
visage étroit et plat, dont les rides étaient
comblées par d'épaisses couches de rouge et
de blanc, exprimait à la fois la ruse et l'inquiétude. Cette enluminure, manquant à
quelques endroits de la face, en faisait singulièrement ressortir la décrépitude et le teint
plombé.

Aussi, était-il impossible de ne pas rire en
voyant cette tête au menton pointu, au front
proéminent, assez semblable à ces grotesques
figures de bois, sculptées en Allemagne, par
les bergers pendant leurs loisirs.

En examinant tour à tour ce vieil Adonis
et Raphaël, un observateur aurait cru reconnaître, dans le marquis, les yeux d'un jeune
homme sous le masque d'un vieillard; et dans
l'inconnu, les yeux ternes d'un vieillard sous
le masque d'un jeune homme.

Valentin cherchait à se rappeler en quelle circonstance il avait vu jadis ce petit vieillard sec, bien cravaté, botté, qui marchait en faisant sonner ses éperons et se croisait les bras comme s'il avait toutes les forces d'une pétulante jeunesse à dépenser. Sa démarche n'accusait rien de gêné, d'artificiel. Son élégant habit, soigneusement boutonné, déguisait une antique et forte charpente, en lui donnant la tournure d'un vieux fat qui suit encore les modes.

Cette espèce de poupée pleine de vie, vrai prodige, avait pour Raphaël tous les charmes d'une apparition. Il le contemplait comme un vieux Rembrandt enfumé, récemment restauré, verni, mis dans un cadre neuf.

Cette comparaison lui fit retrouver la trace de la vérité dans ses confus souvenirs; et, alors, il reconnut le marchand de curiosités, l'homme auquel il devait son malheur!...

En ce moment, un rire satanique échappait

à ce fantastique personnage, et se dessinait sur ses lèvres froides, tendues par un faux râtelier. A ce rire, la vive imagination de Raphaël lui montra, dans cet homme, de frappantes ressemblances avec la tête idéale que les peintres ont donné au Méphistophélès de Goëthe.

Mille superstitions s'emparèrent de l'âme forte de Raphaël. Dans ce moment, il crut à la puissance du démon, à tous les sortiléges rapportés dans les fabuleuses légendes du moyen âge, et mises en œuvre par les poëtes. Se refusant avec horreur au sort de Faust, il invoqua soudain le ciel, ayant, comme les mourans, une foi fervente en Dieu, en la vierge Marie... Radieuse et fraîche, une mystérieuse lumière lui permit d'apercevoir le ciel ; mais c'était le ciel de Michel-Ange et de Sanzio d'Urbin : des nuages, un vieillard à barbe blanche, des têtes ailées, une belle femme assise dans une auréole... Maintenant il comprenait, il adoptait ces admirables créations dont les fantaisies presque humaines lui expliquaient son aventure et lui permettaient encore un espoir.

Mais quand ses yeux retombèrent sur le foyer des Italiens, au lieu de la Vierge, il vit une ravissante fille d'Opéra, et reconnut en elle la détestable Euphrasie, cette danseuse au corps souple et léger, qui, vêtue d'une robe éclatante, couverte de perles orientales, arrivait impatiente de son vieillard impatient, et venait se montrer, insolente, le front hardi, les yeux pétillans, à ce monde envieux et spéculateur, pour témoigner de la richesse sans bornes du marchand dont elle dissipait les trésors.

Raphaël, se souvenant du souhait goguenard par lequel il avait accueilli le fatal présent du vieux homme, savoura tous les plaisirs de la vengeance en contemplant l'humilia-

tion profonde de cette sagesse sublime, dont
naguère la chute semblait impossible.

Le funèbre sourire du centenaire s'adressait à Euphrasie, dont la bouche rose répondit par un mot d'amour. Puis, offrant à cette
femme, un bras desséché, le petit juif fit deux
ou trois fois le tour du foyer, recueillant, avec
délices, les regards de passion et les complimens jetés par la foule à sa maîtresse, sans
voir les rires dédaigneux, sans entendre les
railleries mordantes dont il était l'objet.

— Dans quel cimetière, cette jeune goule
a-t-elle déterré ce cadavre?... s'écria le plus
élégant de tous les romantiques.

Euphrasie se prit à sourire. Le railleur
était un jeune homme aux cheveux blonds,
aux yeux bleus et brillans, svelte, portant
moustache, — tout le bagage du genre, —
ayant un frac écourté, le chapeau sur l'oreille,
et la repartie vive...

— Que de vieillards, se dit Raphaël en

lui-même, couronnent une vie de probité, de travail, de vertu, par une folie!... Celui-ci a les pieds froids, et fait l'amour.

— Hé bien! Monsieur, s'écria Valentin, en arrêtant le juif et en lançant une œillade à Euphrasie. Ne vous souvenez-vous plus des sévères maximes de votre philosophie?

— Ah! ah! répondit le marchand d'une voix déjà cassée. Je suis heureux comme un jeune homme!... J'avais pris l'existence au rebours... Il y a toute une vie dans une heure d'amour.

En ce moment, les spectateurs, entendant le prélude de l'orchestre, quittèrent le foyer pour se rendre à leurs places. Le vieillard ayant salué Raphaël, ils se séparèrent.

En entrant dans sa loge, le marquis aperçut Fœdora, placée à l'autre côté de la salle précisément en face de lui.

Sans doute arrivée depuis peu, elle rejetait son écharpe en arrière, se découvrait le cou,

faisait ces mille petits mouvemens indescrip-
tibles d'une coquette occupée à se poser.
Tous les regards étaient concentrés sur elle.

Un jeune pair de France l'accompagnait.
La comtesse lui demanda la lorgnette qu'elle
lui avait donnée à porter ; et, au geste qu'elle
fit, à la manière dont elle regarda ce nouveau
partenaire, Raphaël devina la tyrannie à laquelle son successeur était soumis.

Fasciné sans doute comme il l'avait été jadis ; dupé comme lui ; comme lui, luttant avec
toute la puissance d'un amour vrai contre les
froids calculs de cette femme, il devait souffrir les tourmens auxquels Valentin avait heureusement renoncé.

Une joie inexprimable anima la figure de
Fœdora, quand, après avoir braqué sa lorgnette sur toutes les loges, et rapidement
examiné les toilettes, elle eut la conscience
d'écraser, par sa parure et par sa beauté, les
plus jolies, les plus élégantes femmes de Paris.

Elle se mit à rire pour montrer ses dents blanches; agita sa tête ornée de fleurs, pour en faire admirer l'éclat et la coiffure; puis, son regard alla, de loge en loge, se moquant d'un béret mal posé sur le front d'une princesse russe, ou d'un chapeau manqué qui coiffait horriblement mal la fille d'un banquier; mais, tout à coup, elle pâlit, en rencontrant les yeux fixes de Raphaël.

Son amant dédaigné la foudroya par un intolérable coup d'œil de mépris. Quand aucun de ses amans bannis ne méconnaissait sa puissance, Valentin, seul dans le monde, était à l'abri de ses séductions. Un pouvoir impunément bravé touche à sa ruine. Cette maxime est gravée plus profondément au cœur d'une femme qu'à la tête des rois. Aussi, Fœdora voyait-elle la mort de ses prestiges et de sa coquetterie, en Raphaël.

Un mot, dit par lui, la veille, à l'Opéra, était déjà devenu célèbre, dans les salons de

Paris. Le tranchant de cette terrible épigramme avait fait à la comtesse une blessure
incurable. En France, nous savons cautériser
une plaie, mais nous n'y connaissons pas encore de remède au mal que produit une
phrase.

Au moment où toutes les femmes regardèrent alternativement le marquis et la comtesse, Fœdora aurait voulu l'abîmer dans les
oubliettes de quelque Bastille; car, malgré son
talent pour la dissimulation, ses rivales devi-
nèrent sa souffrance.

Enfin, sa dernière consolation lui échappa.
Ces mots délicieux :

— Je suis la plus belle!...

Cette phrase éternelle qui calmait tous les
chagrins de sa vanité, devint un mensonge.

Au moment où finissait l'ouverture du second acte, une femme vint se placer près de
Raphaël, dans une loge qui, jusqu'alors,
était restée vide. Le parterre entier laissa

échapper un murmure d'admiration. Cette
mer de faces humaines agita ses lames animées, et toutes les têtes regardèrent l'inconnue. Jeunes et vieux firent un tumulte si pro-
longé que, pendant le lever du rideau, les
musiciens de l'orchestre se tournèrent d'a-
bord pour réclamer le silence ; mais ils par-
tagèrent cet applaudissement et finirent par
en augmenter les confuses rumeurs. Des conversations animées s'établirent dans chaque
loge. Les femmes s'étaient toutes armées de
leurs jumelles ; et les vieillards rajeunis, net-
toyaient avec la peau de leurs gants le verre
de leurs lorgnettes. Puis, l'enthousiasme se
calma par degrés. Les chants retentirent sur
la scène. Tout rentra dans l'ordre. La bonne
compagnie, comme honteuse d'avoir cédé à
un mouvement naturel, reprit la froideur
aristocratique de ses manières polies. Les riches ne veulent s'étonner de rien ; ils doivent
reconnaître, au premier aspect d'une belle

œuvre, le défaut qui les dispense de l'admiration, sentiment vulgaire.

Cependant quelques hommes restèrent immobiles, sans écouter la musique, perdus
dans un ravissement naïf, occupé à contempler la voisine de Raphaël.

Valentin aperçut dans une baignoire, et
près d'Aquilina, l'ignoble figure du banquier
sanglant qui lui adressait une grimace appro-
bative. Puis, il vit Émile, qui debout à l'orchestre, semblait lui dire :

— Mais regarde donc la belle créature que
tu as près de toi !...

Enfin Rastignac assis près d'une jeune
femme, une veuve sans doute, tortillait ses
gants comme un homme au désespoir d'être
enchaîné là, sans pouvoir aller près de la divine inconnue.

La vie de Raphaël dépendait d'un pacte
encore inviolé qu'il avait fait avec lui-même.
Il s'était promis de ne jamais regarder atten-

tivement aucune femme ; et, pour se mettre à l'abri d'une tentation, il portait un lorgnon dont le verre microscopique, artistement disposé, détruisait l'harmonie des plus beaux traits, en leur donnant un hideux aspect.

Encore en proie à la terreur dont il avait été saisi le matin, quand, pour un simple vœu de politesse, le talisman s'était si promptement resserré, Raphaël résolut fermement de ne pas se retourner vers sa voisine.

Il était assis comme l'est une duchesse, non pas comme une duchesse impériale, mais comme une duchesse du faubourg Saint-Germain. Il présentait le dos au coin de sa loge, et dérobait avec impertinence la moitié de la scène à l'inconnue, ayant l'air de la mépriser, d'ignorer même qu'une jolie femme se trouvât derrière lui.

La voisine, copiant avec exactitude la posture de Valentin, avait appuyé son coude sur le bord de la loge, et se mettait la tête de trois quarts, en regardant les chanteurs, comme si elle se fût posée devant un peintre. Ces deux personnes ressemblaient à deux amans brouillés qui se boudent, se tournent le dos, et vont s'embrasser au premier mot d'amour.

Par momens, les légers marabouts, ou les cheveux de l'inconnue, effleurant la tête de Raphaël, lui causaient une sensation voluptueuse contre laquelle il luttait courageusement. Puis, il sentit le doux contact des ruches de blonde qui garnissaient le tour de la robe. Enfin, la robe elle-même fit entendre le murmure efféminé de ses plis, frissonnement plein de molles sorcelleries. Bientôt, le mouvement imperceptible imprimé par la respiration à la poitrine, au dos, aux vêtemens de cette jolie femme, sa vie suave se communiqua soudain à Raphaël comme une étincelle électrique ; et le tulle ou la dentelle transmirent fidèlement à son épaule chatouillée, la

délicieuse chaleur de ce dos de femme, sans
doute blanc et nu. Par un caprice de la nature, ces deux êtres désunis par le bon ton, séparés par les abîmes de la mort, respirèrent
ensemble, pensèrent peut-être l'un à l'autre.
Les pénétrans parfums du Sandal achevèrent
d'enivrer Raphaël. Son imagination irritée
par un obstacle, et que les entraves rendaient
encore plus fantasque, lui dessina rapidement
une femme en traits de feu.

Alors il se retourna brusquement ; et comme
en ce moment, l'inconnue, choquée sans
doute de se trouver en contact avec un étranger, fit un mouvement semblable, leurs visages, animés par la même pensée, restèrent en
présence.

— Pauline !...

— Monsieur Raphaël !...

Pétrifiés l'un et l'autre, ils se regardèrent
un instant en silence.

Raphaël voyait Pauline dans une toilette

Left margin fragments: urs, ntre. deux nent mot / les e dé lup- use- ru- e la e le ient ou- spi- s de ini- elle ni- la

simple et de bon goût. A travers la gaze qui
couvrait chastement son corsage, des yeux
habiles pouvaient apercevoir une blancheur
de lis et deviner des formes que même une
femme eût admirées. Puis, c'était toujours sa
modestie virginale, sa candeur, sa gracieuse
attitude. L'étoffe de sa manche, accusait l'é-
motion profonde dont elle était saisie, par un
tremblement nerveux qui semblait faire palpiter son corps aussi fortement que son
cœur.

— Oh! venez demain!... dit-elle, venez à
l'hôtel Saint-Quentin, y reprendre vos papiers!... J'y serai à midi. Soyez exact!

Puis, elle se leva précipitamment et dis-
parut.

Raphaël voulait suivre Pauline; mais, craignant de la compromettre, il resta; regarda
Fœdora, la trouva laide; et, bientôt, ne pouvant comprendre une seule phrase de musi-

que, étouffant dans cette salle, le cœur plein, il sortit, et revint chez lui.

— Jonathas !... dit-il à son vieux domestique, au moment où il fut dans son lit : Donne-moi une demi-goutte de laudanum sur un morceau de sucre, et demain ne me réveille qu'à midi moins vingt minutes.

XXXVIII.

— Je veux être aimé de Pauline !... s'écria-
t-il, le lendemain, en regardant le talisman
avec une indéfinissable angoisse.

La peau ne fit aucun mouvement ; elle
semblait avoir perdu sa force contractile.

— Ah ! ah !... s'écria Raphaël, en se sentant
délivré comme d'un manteau de plomb qu'il

aurait porté depuis le jour où le talisman lui avait été donné. Tu mens !... Tu ne m'obéis pas ?... Le pacte est rompu !... Je suis libre... Je vivrai... C'était donc une mauvaise plaisanterie!...

En disant ces paroles, il n'osait pas croire à sa propre pensée.

Mis aussi simplement qu'il l'était jadis, il voulut aller à pied à son ancienne demeure, essayant de se reporter en idée à ces jours heureux où il se livrait sans danger à la furie de ses désirs, et où il n'avait point encore jugé toutes les jouissances humaines. Il marchait, voyant, non plus la Pauline de l'hôtel Saint-Quentin, mais la Pauline de la veille, cette maîtresse accomplie, si souvent rêvée, jeune fille spirituelle, aimante, artiste, comprenant les poëtes et la poésie, et vivant au sein du luxe; en un mot, Fœdora douée d'une belle âme; ou Pauline comtesse et deux fois millionnaire comme l'était Fœdora !...

Quand il se trouva sur le seuil usé, sur la dalle cassée de cette porte où, tant de fois, il avait eu des pensées de désespoir, une vieille femme sortit de la salle et lui dit :

— N'êtes-vous pas M. Raphaël de Valentin ?

— Oui, ma bonne mère, répondit-il...

Vous connaissez votre logement !... Quelqu'un vous y attend.

— Cet hôtel est-il toujours tenu par madame Gaudin ?... demanda-t-il.

— Oh ! non, Monsieur. Maintenant, madame Gaudin est baronne... Elle est dans une belle maison à elle, de l'autre côté de l'eau... Son mari est revenu. Dame !... il a rapporté des mille et des cents. L'on dit qu'elle pourrait acheter tout le quartier Saint-Jacques si elle le voulait. Elle m'a donné *gratis* son fonds, et son restant de bail... Ah ! c'est une bonne femme, tout de même ! Elle n'est pas plus fière aujourd'hui qu'elle ne l'était hier !...

Raphaël monta lestement à sa mansarde.

Quand il àtteignit les dernières marches de l'escalier, il entendit les sons du piano.

Pauline était là...

Ouvrant doucement la porte, il la vit modestement vêtue d'une robe de percaline; mais la façon de la robe, les gants, le chapeau, le châle négligemment jetés sur le lit, révélaient toute une fortune.

— Ah! vous voilà !... enfin !... s'écria Pauline en tournant la tête et se levant avec un naïf mouvement de joie.

Raphaël vint s'asseoir près d'elle; et, rougissant, honteux, heureux, il la regarda sans rien dire.

— Pourquoi nous avez-vous donc quittées? reprit-elle en baissant les yeux, au moment où son visage s'empourpra. Qu'êtes-vous devenu?...

— Ah! Pauline, j'ai été... je suis bien malheureux encore !...

— Là !... s'écria-t-elle tout attendrie. J'ai

deviné cela, hier, en vous voyant bien mis...
— riche en apparence, — et, en réalité,
hein!... monsieur Raphaël?... Est-ce toujours
comme autrefois?

Valentin ne put retenir quelques larmes ;
elles roulèrent dans ses yeux, et alors il s'é-
cria :

— Pauline!... je...

Il n'acheva pas, ses yeux étincelèrent d'a-
mour, et son cœur déborda dans son regard.

— Oh! il m'aime!... il m'aime!... s'écria
Pauline.

Raphaël fit un signe de tête, en se sentant
hors d'état de dire une seule parole. A ce geste,
la jeune fille lui prit la main, et, la serrant
avec force, elle lui dit, tantôt riant, tantôt
sanglotant :

— Riches!... riches!... heureux!... riches!...
ta Pauline est riche! Mais moi je devrais aujourd'hui être bien pauvre!... J'ai mille fois
dit que je paierais ce mot : — *Il m'aime!...* de

tous les trésors de la terre. O mon Raphaël!...
J'ai des millions!... tu aimes le luxe... mais tu
dois aimer mon cœur aussi... Il y a tant
d'amour pour toi dans ce cœur. — Tu ne sais
pas? Mon père est revenu. Je suis une riche
héritière!... Ma mère et lui me laissent entièrement maîtresse de mon sort!... Je suis
libre!

En proie à une sorte de délire, Raphaël
tenait les mains de Pauline, et les baisait si
ardemment, si avidement, que son baiser
semblait être une sorte de convulsion.

Pauline se dégagea les mains, les jeta sur
les épaules de Raphaël et le saisit. Alors, ils
se comprirent, se serrèrent et s'embrassèrent
avec cette sainte, cette délicieuse ferveur,
dégagée de toute arrière-pensée, dont un
seul baiser se trouve empreint, le jeune,
le premier baiser, par lequel deux âmes
prennent possession d'elles-mêmes.

— Ah! s'écria Pauline en retombant sur la chaise, je ne veux plus te quitter!...

— Je ne sais d'où me vient tant de hardiesse?... reprit-elle en rougissant.

— De la hardiesse, ma Pauline?... Oh! ne crains rien! C'est de l'amour... de l'amour vrai, profond! — éternel comme le mien, n'est-ce pas?...

— Oh! parle, parle, parle!... dit-elle. Ta bouche a été si long-temps muette pour moi...

— Tu m'aimais donc?...

— Oh! Dieu!... si je t'aimais!... Que de fois j'ai pleuré, là, — tiens? — en faisant ta chambre, déplorant ta misère et... la mienne. Je me serais vendu au démon pour t'éviter un chagrin... Aujourd'hui, *mon* Raphaël, car tu es bien à moi... — A moi cette belle tête; à moi ton cœur! — Oh! oui, ton cœur, surtout!... Éternelle richesse!...

Eh bien! où en suis-je?... reprit-elle. Ah!

m'y voici! nous avons trois... quatre... cinq
millions, je crois... Si j'étais pauvre, je tien-
drais peut-être à porter ton nom, à être
nommée ta femme... Mais, en ce moment je
voudrais te sacrifier le monde entier... je
voudrais être encore ta servante... Va, Raphaël, en t'offrant mon cœur, ma personne,
ma fortune, je ne te donnerais rien de plus
aujourd'hui, que le jour où j'ai mis là, dit-
elle en montrant le tiroir de la table, certaine
pièce de cent sous!... Oh! comme alors ta
joie m'a fait mal!...

— Pourquoi es-tu riche?... s'écria Raphaël.
Pourquoi n'as-tu pas de vanité?... je ne puis
rien pour toi!...

Il se tordit les mains de bonheur, de désespoir, d'amour...

Quand tu seras madame la marquise de Valentin!... Je te connais, âme céleste, ce titre
et ma fortune ne vaudront pas...

— Un seul de tes cheveux! s'écria-t-elle.

— Moi aussi, j'ai des millions ; mais que sont maintenant les richesses pour nous !... Ah ! j'ai ma vie !... je puis te l'offrir !... prends-la....

— Oh ! ton amour !... Raphaël, ton amour vaut le monde !... Comment ! ta pensée est à moi ?... Mais je suis la plus heureuse des heureuses...

— L'on va nous entendre !... dit Raphaël.

— Hé, il n'y a personne ?... répondit-elle en laissant échapper un petit geste mutin.

— Eh bien, viens ?... s'écria Valentin en lui tendant les bras.

Elle sauta sur ses genoux, et, joignant ses mains autour du cou de Raphaël :

— Embrassez-moi, dit-elle, pour tous les chagrins que vous m'avez donnés !...

Pour effacer la peine que vos joies m'ont faite !...

Pour toutes les nuits que j'ai passées à peindre mes écrans.

— Tes écrans...

— Puisque nous sommes riches, mon trésor, je puis te dire tout !... Pauvre enfant !... Ah ! comme il est facile de tromper les hommes d'esprit !... Est-ce que tu pouvais avoir des gilets blancs et des chemises propres deux fois la semaine, pour trois francs de blanchissage par mois ?... Mais tu buvais deux fois plus de lait qu'il ne t'en revenait pour ton argent !... Je t'attrapais sur tout. Le feu, l'huile... Et l'argent donc ?...

Oh ! mon Raphaël !... ne me prends pas pour femme !... dit-elle en riant, je suis une personne trop astucieuse.

— Mais comment faisais-tu donc ?...

— Je travaillais jusqu'à deux heures du matin !... répondit-elle, et je donnais à ma mère une moitié du prix de mes écrans, à toi l'autre...

Ils se regardèrent pendant un moment, tous deux hébétés de joie et d'amour.

— Oh ! s'écria Raphaël, nous paierons sans
doute, un jour, ce bonheur par quelque effroyable chagrin !...

— Serais-tu marié ?... cria Pauline. Ah ! je
ne veux te céder à aucune femme !...

— Je suis libre, ma chérie !...

— Libre... répéta-t-elle. Libre, et à moi !...
Elle se laissa glisser sur ses genoux ; et joignant les mains, elle regarda Raphaël avec
une dévotieuse ardeur.

— J'ai peur de devenir folle !...

— Que tu es gentil ! reprit-elle en passant
une main dans la blonde chevelure de son
amant. Est-elle bête, ta comtesse Fœdora !...
Quel plaisir j'ai ressenti hier en étant saluée
par tous ces hommes !... Elle n'a jamais été
applaudie, elle !...

— Dis, cher ?... quand mon dos a touché
ton bras, j'ai entendu en moi je ne sais quelle
voix qui m'a crié : — Il est là !... Je me suis re-
tournée... et je t'ai vu... Oh ! je me suis sau-

vée... je me sentais l'envie de te sauter au cou, devant tout le monde.

— Que tu es heureuse de pouvoir parler !... s'écria Raphaël. Moi, j'ai le cœur serré. Je voudrais pleurer, je ne puis... Ne me retire pas ta main !... Il me semble que je resterais pendant toute ma vie, à te regarder ainsi... heureux, content !...

— Oh ! répète-moi cela, mon amour ?...

— Et que sont les paroles !... reprit Valentin en laissant tomber une larme chaude sur les mains de Pauline. Plus tard, j'essaierai de te dire mon amour; en ce moment, je ne puis que le sentir...

— Oh ! s'écria-t-elle, cette belle âme, ce beau génie, ce cœur que je connais si bien... tout est à moi, comme je suis à lui.

— Pour toujours, ma douce créature ! dit Raphaël d'une voix émue. Tu seras ma femme, mon bon génie. Ta présence a toujours dissipé mes chagrins, rafraîchi mon âme... En ce moment, ton sourire angélique a pour ainsi dire purifié mon cœur. — Je crois commencer une nouvelle vie. Le passé cruel et mes tristes folies me semblent n'être plus que de mauvais songes. — Je suis pur... près de toi... Je sens l'air du bonheur.

— Oh! sois là, toujours!... ajouta-t-il en la pressant saintement sur son cœur palpitant.

— Vienne la mort quand elle voudra!... s'écria Pauline en extase. J'ai vécu!...

XXXIX.

— Oh! mon Raphaël!... s'écria Pauline, je voudrais qu'à l'avenir personne n'entrât dans cette chère mansarde...

— Il faut en murer la porte, mettre une grille à la lucarne, et acheter la maison, répondit le marquis.

— C'est cela!... dit-elle.

Puis, après un moment de silence :

— Nous avons un peu oublié de chercher tes manuscrits ?...

Et ils se prirent à rire avec une douce innocence.

— Bah !... je me moque de toutes les sciences... s'écria Raphaël.

— Ah ! Monsieur, et la gloire ?...

— Tu es ma seule gloire...

— Tu étais bien malheureux en faisant tous ces petits pieds de mouche !... dit-elle en feuilletant les papiers.

— Ma Pauline...

— Oh ! oui, je suis ta Pauline... Eh bien ?...

— Où demeures-tu donc ?...

— Rue Saint-Lazare... — Et toi ?...

— Rue de Varennes...

— Comme nous serons loin l'un de l'autre, jusqu'à ce que...

Elle s'arrêta, regardant son ami d'un air coquet et malicieux.

— Mais, répondit Raphaël, nous avons tout au plus une quinzaine de jours à rester séparés...

— Vrai !... Dans quinze jours nous nous marierons...

Elle sauta comme une enfant.

— Oh ! je suis une fille dénaturée ?... reprit-elle, je ne pense plus ni à père, ni à mère, ni à rien dans le monde ! Tu ne sais pas, pauvre chéri ? mon père est bien malade. — Il est revenu des Indes, souffrant !... Oh ! bien souffrant. — Il a manqué mourir au Havre... Nous l'avons été chercher là.

— Ah ! Dieu !... s'écria-t-elle en regardant l'heure à sa montre, déjà trois heures... Je dois me trouver à son réveil à quatre heures. — Je suis la maîtresse au logis, ma mère fait toutes mes volontés, mon père m'adore ; mais je ne veux pas abuser de leur bonté !... Ce serait mal ! Le pauvre père... C'est lui qui m'a envoyé aux Italiens hier... Tu viendras le voir demain, n'est-ce pas ?...

— Madame la marquise de Valentin veut-elle me faire l'honneur d'accepter mon bras?...

— Ah! chéri! chéri!...

— Je vais emporter la clef de cette chambre, reprit-elle. N'est-ce pas un palais, notre trésor...

— Pauline ?... encore un baiser...

— Mille !...

— Mon Dieu !... dit-elle en regardant Raphaël. Et ce sera toujours ainsi ! Je crois rêver.

Ils descendirent lentement l'escalier. Puis, bien unis, marchant du même pas, tressaillant ensemble sous le poids du même bonheur, se serrant comme deux colombes, ils arrivèrent trop tôt sur la place de la Sorbonne, où la voiture de Pauline attendait.

— Je veux aller chez toi ! s'écria-t-elle. Je veux voir ta chambre, ton cabinet, et m'asseoir à la table sur laquelle tu travailles !... Ce

sera comme autrefois... ajouta-t-elle en rougissant.

— Joseph!... dit-elle en s'adressant à un
valet, je vais rue de Varennes avant de retourner à la maison. Il est trois heures un
quart, et je dois être revenue à quatre... Que
George presse les chevaux!...

Et les deux amans, mollement balancés et
portés sur de voluptueux coussins, tous deux
rayonnant d'amour, furent, en peu d'instans,
menés à l'hôter de Valentin.

— Oh! que je suis contente d'avoir examiné tout cela!... s'écria Pauline en chiffon-
nant la soie des rideaux qui drapaient le lit
de Raphaël.

— Ce soir, en m'endormant, je tâcherai
d'être là, en pensée. Je me figurerai ta chère
tête sur cet oreiller... — Dis-moi, Raphaël, tu
n'as pris conseil de personne pour meubler
ton hôtel?...

— De personne.

— Bien vrai... Ce n'est pas une femme qui...

— Pauline !...

— Oh ! je me sens une affreuse jalousie !... Mais, tu as bien bon goût... Je veux avoir demain un lit pareil au tien...

Raphaël, ivre de bonheur, saisit Pauline.

— Oh ! mon père !... mon père... dit-elle.

— Je vais donc te reconduire, car je veux te quitter le moins possible ! s'écria Valentin.

— Que tu es aimant !... Je n'osais pas te le proposer...

— N'es-tu donc pas ma vie ?...

— Il n'y a pas deux hommes comme toi sous le ciel.

Mais il serait fastidieux de consigner fidèlement ces adorables bavardages de l'amour auxquels l'accent, le regard, un geste intraduisible donnent seuls du prix.

Valentin reconduisit Pauline jusque chez elle, et revint ayant au cœur autant de plaisir

que l'homme peut en ressentir et en porter
ici-bas.

Quand il fut assis dans son fauteuil, près
de son feu, pensant à la soudaine et complète
réalisation de toutes ses espérances, une idée
froide lui traversa l'âme comme l'acier d'un
poignard perce une poitrine.

Il regarda la peau de chagrin. Elle s'était
légèrement rétrécie.

— Ah !...

Il prononça le grand juron français, sans y
mettre les jésuitiques réticences de l'abbesse
des Andouillettes; puis, penchant la tête sur
son fauteuil, il resta sans mouvement les yeux
arrêtés sur une patère, mais sans la voir.

— Grand Dieu !... s'écria-t-il. Quoi ! tous
mes désirs !... tous... Pauvre Pauline !...

Il prit un compas, mesura ce que la matinée lui avait coûté d'existence.

— Je n'en ai pas pour deux mois !... dit-il.

Une sueur glacée sortit de ses pores, et il demeura comme perdu dans ses pensées.

Tout à coup, obéissant à un inexprimable mouvement de rage, il saisit la peau de chagrin en s'écriant : — Je suis bien bête !...

Il sortit, courut, traversa les jardins ; et jetant le talisman au fond d'un puits :

— Vogue la galère !... dit-il joyeusement. Au diable toutes ces sottises !...

XL.

Depuis deux mois, Raphaël vivait en Pauline, et Pauline en Raphaël. Leur mariage,
retardé par des difficultés peu intéressantes à
raconter, devait se célébrer dans les premiers
jours de mars; mais une passion forte et
vraie leur avait fait mépriser les lois sociales.

Ils s'étaient éprouvés, ne doutaient point

d'eux-mêmes ; et, le bonheur leur ayant révélé toute la puissance de leur affection, jamais deux âmes, deux caractères ne s'étaient aussi parfaitement unis. En s'étudiant, ils s'aimèrent davantage.

C'était de part et d'autre, même délicatesse, même pudeur, même volupté, la plus douce de toutes les voluptés, celle des anges. Point de nuages dans leur ciel : tour à-tour, les désirs de l'un faisaient la loi de l'autre.

Riches tous deux, ils ne connaissaient point de caprices qu'ils ne pussent satisfaire, et, partant, n'avaient point de caprices. Un goût exquis, le sentiment du beau, une vraie poésie animaient l'âme de l'épouse. La mousseline, les fleurs formaient ses plus riches parures. Dédaignant les diamans et tous les colifichets de la finance, un sourire de son ami lui semblait plus beau que toutes les perles d'Ormus.

Puis, Pauline et Raphaël fuyaient le monde.

La solitude leur était si belle, si féconde en plaisirs...

Les oisifs voyaient exactement tous les soirs ce joli ménage de contrebande, aux Italiens ou à l'Opéra.

Si, d'abord, quelques médisances égayèrent les salons, bientôt le torrent d'événemens qui passait alors sur Paris fit oublier deux amans inoffensifs. Enfin, espèce d'excuse auprès des prudes, leur mariage était annoncé, et leurs gens se trouvaient discrets par hasard. Donc, aucune méchanceté trop vive ne les punit de leur bonheur.

Vers la fin du mois de février, époque à laquelle d'assez beaux jours firent croire aux joies du printemps, un matin, Pauline et Raphaël déjeunaient ensemble dans une petite serre, espèce de salon rempli de fleurs, et de plain-pied avec le jardin.

Le doux et pâle soleil de l'hiver dont les rayons se brisaient à travers des arbustes rares, attiédissait alors la température. Les yeux étaient égayés par les vigoureux contrastes des divers feuillages, par les couleurs des touffes fleuries et par toutes les fantaisies de la lumière et de l'ombre.

Quand tout Paris se chauffait encore devant de tristes foyers, les deux jeunes époux riaient sous un berceau de camélias, de lilas, de bruyères; et leurs têtes joyeuses s'élevaient au-dessus des narcisses, des muguets et des roses du Bengale.

Dans cette serre voluptueuse et riche, les pieds foulaient une natte africaine coloriée comme un tapis. Les parois tendues en coutil vert n'offraient pas la moindre trace d'humidité. L'ameublement était de bois en apparence grossier, mais dont l'écorce polie brillait de propreté.

Un jeune chat accroupi sur la table, où l'avait attiré l'odeur du lait, se laissait barbouiller de café par Pauline. La folâtre jouait avec

lui, défendait la crême qu'elle lui permettait
à peine de flairer afin d'exercer sa patience et
d'entretenir le combat. Elle éclatait de rire à
chacune de ses grimaces, et débitait mille
plaisanteries pour empêcher Raphaël de lire
le journal, qui, dix fois déjà, lui était tombé
des mains. Il y avait, dans cette scène mati-
nale, un bonheur inexprimable comme tout
ce qui est profondément naturel et vrai.

Raphaël feignait toujours de lire sa feuille,
mais il contemplait à la dérobée Pauline aux
prises avec le chat, sa Pauline enveloppée d'un
long peignoir qui la lui voilait imparfaitement,
sa Pauline, les cheveux en désordre, et montrant un petit pied blanc veiné de bleu dans
une pantoufle de velours noir. Charmante à
voir ainsi déshabillée, et délicieuse comme les
fantastiques figures de Westhell, elle semblait
être tout à la fois jeune fille et femme; et
peut-être même, encore plus jeune fille que
femme, parce que, sans doute, elle jouissait

d'une félicité sans mélange, et ne connaissait de l'amour que ses premières joies.

Au moment où, tout-à-fait absorbé par sa douce rêverie, Raphaël avait oublié son journal, Pauline le saisit, le chiffonna, en fit une boule, le lança dans le jardin, et le chat courut après la politique tournant, comme toujours, sur elle-même. Puis, quand Raphaël, distrait par cette scène enfantine, voulut continuer à lire et fit le geste de lever la feuille qu'il n'avait plus, il y eut des rires francs, joyeux, renaissant d'eux-mêmes comme les chants d'un oiseau.

— Je suis jalouse du journal!... dit-elle en essuyant les larmes que son rire d'enfant avait fait couler.

Elle redevenait femme tout à coup.

— N'est-ce pas une félonie, reprit-elle, que de lire des proclamations russes en ma présence, et de préférer la prose de l'empereur

Nicolas à des paroles, et des regards d'a-
mour?...

— Je ne lisais pas, mon ange aimé, je te
regardais...

En ce moment, le pas lourd du jardinier,
dont les souliers ferrés faisaient crier le sable
des allées, retentit près de la serre.

— Excusez, Monsieur le marquis, si je
vous interromps ainsi que Madame... Mais je
vous apporte une curiosité comme je n'en ai
jamais vue. En tirant tout à l'heure, sous votre respect, un seau d'eau, j'ai amené cette
singulière plante marine !... La voilà ! Faut,
tout de même, que ce soit bien accoutumé à
l'eau, car ce n'était point mouillé, ni humide.
C'était sec comme du bois. Et c'est point
gras du tout. Comme Monsieur le marquis est
plus savant que moi certainement, j'ai pensé
qu'il fallait la lui apporter.

Et le jardinier montrait à Raphaël l'inexo-
rable peau de chagrin, effroyablement réduite.

Elle n'avait pas un pied carré de superficie.

— Merci, Vanière... dit Raphaël. C'est une chose très-curieuse.

— Qu'as-tu, mon ange ?... tu pâlis !... s'écria Pauline.

— Laissez-nous, Vanière...

Le jardinier s'éloigna.

— Ta voix m'effraie... reprit la jeune fille. Elle est singulièrement altérée. Qu'as-tu ? Que sens-tu ?... Où as-tu mal ?... Tu as mal ?... Un médecin !... cria-t-elle. Jonathas ! Au secours !...

— Ma Pauline, tais-toi ! répondit Raphaël qui recouvrait son sang-froid. Sortons. Il y a près de moi une fleur dont le parfum m'incommode. — Peut-être, est-ce cette verveine ?...

Pauline s'élança sur l'innocent arbuste, le saisit par la tige, et le jeta dans le jardin.

— Oh ! ange ! s'écria-t-elle en serrant Raphaël par une étreinte aussi forte que leur amour, en lui apportant, avec une langou-

reuse coquetterie, ses lèvres vermeilles à baiser. En te voyant pâlir, j'ai compris que je ne
te suivrais pas !... Oui, ta vie est ma vie !...
Mon Raphaël, passe-moi ta main sur le dos ?...
J'y sens encore *la petite mort...* j'y ai froid...

— Comme tes lèvres sont brûlantes !... Et
ta main !... — Elle est glacée !... ajouta-elle.

— Tu es folle ?... s'écria Raphaël.

— Pourquoi cette larme ?... dit-elle. Laisse-
la-moi boire !...

— Oh ! Pauline ! Pauline !... tu m'aimes
trop !...

— Il se passe en toi quelque chose d'extraordinaire, Raphaël ?... — Sois vrai... Ah ! va,
je saurai bientôt ton secret... — Donne-moi
cela ?...

Elle prit la peau de chagrin.

— Tu es mon bourreau !... cria le jeune
homme en jetant un regard d'horreur sur le
talisman.

— Oh ! quelle voix !...

Pauline laissa tomber le fatal symbole du destin, et regardant Raphaël :

— Qu'as-tu dit, mon ange? lui demanda-t-elle.

— M'aimes-tu? reprit-il.

— Oh, si je t'aime !... Est-ce une question ?...

— Eh bien! laisse-moi... Va-t-en !

Soumise, la pauvre petite s'en alla, mais pleurant.

XLI.

— Quoi! s'écria Raphaël, dans un siècle de lumière, où nous avons appris que les diamans n'étaient que du carbone solide;

A une époque où tout s'explique, où la police traduirait un nouveau Messie devant les tribunaux, et soumettrait ses miracles à l'Académie des Sciences;

Dans un temps où nous ne croyons plus qu'aux paraphes des notaires!...

Je croirai, — moi!... — à une espèce de *Mané — Thekel — Pharès.*

Non, de par Dieu! je ne penserai pas que l'Être-Suprême puisse trouver du plaisir à tourmenter une honnête créature...

Allons voir les savans!...

Alors il arriva bientôt, entre la Halle aux Vins, immense recueil de tonneaux, et là Salpétrière, immense séminaire d'ivrognerie, devant une petite mare infecte où s'ébaudissaient des canards aussi remarquables par la rareté des espèces que par la diversité du plumage... Leurs ondoyantes couleurs, semblables aux vitraux d'une cathédrale, pétillaient sous les rayons du soleil. Et tous les canards du monde étaient là, criant, barbottant, grouillant et formant une espèce de chambre canarde rassemblée contre son gré; mais heureusement sans roi, sans principes, et vivant, sans rencontrer de chasseurs, sous l'œil des naturalistes qui les regardaient assez rarement.

— Monsieur est là!... dit un porte-clefs à Raphaël.

Le marquis vit un petit homme entre deux âges et profondément enfoncé dans quelque sage méditation à l'aspect de deux canards. Il avait la physionomie douce, un air obligeant, mais il régnait dans toute sa personne une préoccupation scientifique. Sa perruque, incessamment grattée, fantasquement retroussée par le col de l'habit, laissait voir une ligne de cheveux blancs et accusait la fureur des découvertes qui, semblable à toutes les passions, nous arrache si puissamment aux choses de ce monde. Raphaël, homme de science et d'étude, admira consciencieusement ce naturaliste dont les veilles étaient consacrées à l'agrandissement des connaissances humaines, et qui, même par ses erreurs, servait encore la gloire de la France. Mais une petite maîtresse aurait ri sans doute, en remarquant la solution de continuité qui se trouvait entre la culotte et le gilet rayé du savant. Cet interstice était d'ailleurs chastement rempli par une chemise qu'il avait copieusement froncée, en se baissant et se levant tour-à-tour au gré de ses observations zoogénésiques.

Après quelques premières phrases de politesse, Raphaël crut nécessaire d'adresser à M. Lacrampe un compliment bannal sur ses canards...

— Oh! nous sommes riches en canards!... répondit le naturaliste. — C'est, du reste, comme vous le savez sans doute, le genre le plus fécond de l'ordre des Palmipèdes... Il commence au *Cygne* et finit au *Canard Zin-zin*, comprenant cent trente-sept variétés d'individus bien distincts, ayant leurs noms, leurs mœurs, leur patrie, leur physionomie; et ils ne se ressemblent pas plus entre eux qu'un blanc ne ressemble à un nègre!...

En vérité, Monsieur, quand nous mangeons un canard, la plupart du temps, nous ne nous doutons guère de l'étendue...

Il s'interrompit à l'aspect d'un joli petit canard qui remontait le talus de la mare.

— C'est le cygne à cravate, que vous voyez là... Pauvre enfant du Canada! venu de bien loin pour nous montrer son plumage brun et gris, sa petite cravate noire... — Tenez! il se gratte...

Voici la fameuse oie à duvet ou canard *Eider*, sous l'édredon de laquelle dorment nos petites maîtresses... Est-elle jolie?... Qui n'admirerait pas ce petit ventre d'un blanc rougeâtre, ce bec vert?

— Je viens, Monsieur, reprit-il, d'être témoin d'un accouplement dont j'avais jusqu'alors désespéré... Le mariage s'est fait assez heureusement, et j'en attendrai fort impatiem-

ment le résultat. Je me flatte d'obtenir une
cent trente-sixième espèce à laquelle peut-
être mon nom sera donné !...

— Voici les nouveaux époux, dit-il en montrant deux canards. — C'est une *oie rieuse*
(*anas albifrons*) et le *grand canard siffleur*
(*anas rufina* de Buffon). J'avais long-temps
hésité entre le canard siffleur, le canard à
sourcils blancs et le canard souchet (*anas
clypeata*)... Tenez... voici le souchet ! C'est ce
gros brun-noir, dont le col est verdâtre et
si coquettement irisé... Mais, Monsieur, le
canard siffleur était hupé !... alors vous comprenez que je n'ai plus balancé !...

Il ne nous manque ici que le canard varié
à calotte noire.

Ces messieurs prétendent unanimement
que ce canard fait double emploi avec le ca-
nard-sarcelle à bec recourbé ; quant à moi...

Il fit un geste admirable qui peignit à la
fois la modéstie et l'orgueil des savans, or-

gueil plein d'entêtement, modestie pleine de
suffisance.

— Je ne le pense pas... ajouta-t-il. — Vous
voyez, mon cher Monsieur, que nous ne nous
amusons pas ici... Je m'occupe en ce moment
de la monographie du genre canard. — Mais
je suis à vos ordres...

Tout en se dirigeant vers une maison assez jolie de la rue Buffon, Raphaël soumit la
peau de chagrin aux investigations de M. Lacrampe.

— Je connais cela!... répondit le savant,
après avoir braqué sa loupe sur le talisman.
C'est quelque dessus de boîte... Le chagrin
est fort ancien!... Aujourd'hui les gaîniers
préfèrent se servir de *galuchat*.... Le galuchat
est, comme vous le savez sans doute, la dépouille du *Raja sephen*, un poisson de la mer
Rouge...

— Mais ceci, Monsieur, puisque vous avez
l'extrême bonté...

— Ceci ! — reprit le savant. — Eh bien, entre le galuchat et le chagrin, il y a, Monsieur, toute la différence de l'océan à la terre, du poisson à un quadrupède ; et cependant, la peau du poisson est plus dure que la peau de l'animal terrestre...

— Ceci, dit-il en montrant le talisman, est, comme vous le savez sans doute, un des produits les plus curieux de la zoologie.

— Voyons !... s'écria Raphaël.

— Monsieur, répondit le savant en s'enfonçant dans son fauteuil, ceci... est — une *peau d'âne !...*

— Je le sais, dit le jeune homme.

— Il existe en Perse, reprit le naturaliste, un âne extrêmement rare — l'*onagre* des anciens, — *equus asinus,* — le *koulan* des Tatars. — Pallas a été l'observer et l'a rendu à la science. — En effet cet animal avait long-temps passé pour fantastique. Il est, comme vous le savez, célèbre dans l'Écriture sainte, et Moïse avait défendu de l'accoupler avec ses congénères. — Mais l'onagre est encore plus fameux par les prostitutions dont il a été l'objet, et dont parlent souvent les prophètes bibliques...

Pallas, comme vous le savez sans doute, déclare, dans ses *Act. Petrop...* tome II, que ces excès bizarres sont encore religieusement accrédités chez les Persans et les Nogaïs comme un remède souverain contre les maux de reins et la goutte sciatique... Nous ne nous doutons guère de cela, nous autres pauvres Parisiens... le Muséum ne possède même pas d'onagre.

— Quel superbe animal !... reprit le savant. Puis, plein de mystères !... Son œil est muni d'une espèce de tapis réflecteur auquel les Orientaux attribuent le pouvoir de la fascination. Sa robe est plus élégante et plus polie que celle de nos plus beaux chevaux ; elle est sillonnée de bandes plus ou moins fauves et ressemble beaucoup à la peau du zèbre. Son lainage a quelque chose de moelleux, d'ondoyant, de gras au toucher... Sa vue égale en justesse et en précision la vue de l'homme. Un peu plus grand que nos plus beaux ânes domestiques, il est doué d'un courage extraordinaire, et, quand, par hasard, il est surpris, il se défend avec une supériorité remarquable contre les bêtes les plus féroces. Quant à la rapidité de sa marche, elle ne peut se comparer qu'au vol des oiseaux!... Un onagre, Monsieur, tuerait à la course les meilleurs chevaux arabes ou persans.

D'après le père du consciencieux docteur Niébuhr — dont, comme vous le savez sans doute, nous déplorons encore la perte récente, — le terme moyen du pas ordinaire de ces admirables créatures est de sept mille pas géométriques par heure! — Nos ânes dégénérés ne sauraient donner une idée de cet âne indépendant et fier. Il a le port leste, animé,

l'air spirituel, fin, une physionomie gracieuse, des mouvemens pleins de coquetterie !... — C'est le roi de l'Orient.

Les superstitions turques et persanes lui
donnent même une mystérieuse origine, et le
nom de Salomon se mêle à tous les récits que
les conteurs du Thibet et de la Tatarie font
sur les prouesses attribuées à ces nobles animaux. Enfin, un onagre apprivoisé vaut des
sommes immenses; mais il est presque impossible de les saisir dans leurs montagnes
où ils bondissent comme des chevreuils, et
semblent voler comme des oiseaux. La fable
des chevaux ailés, notre Pégase, a sans doute
pris naissance dans ces pays, où les bergers
ont pu voir souvent un onagre sautant d'un
rocher à un autre.

Les ânes de selle obtenus en Perse par l'accouplement d'une ânesse avec un onagre apprivoisé, sont peints en rouge, suivant une
immémoriale tradition. Cet usage a donné

lieu peut-être à notre proverbe : — *méchant comme un âne rouge...* A une époque où l'histoire naturelle était très-négligée en France, un voyageur aura, je pense, amené un de ces animaux curieux qui supportent fort impatiemment l'esclavage ; et... de là , le dicton !

— La peau que vous me présentez, reprit le savant, est la peau d'un onagre !... Nous varions sur l'origine du nom... Les uns prétendent que *Chagri* est un mot turc ; d'autres veulent que *Chagri* soit la ville où cette dépouille zoologique subit une préparation chimique , assez bien décrite par Pallas et qui lui donne le grain particulier que nous admirons. M. Martellens m'a écrit que *Châagri* est un ruisseau.

— Monsieur, je vous remercie de m'avoir donné des renseignemens qui fourniraient une admirable note à quelque Dom Calmet si les bénédictins existaient encore ; mais j'ai eu l'honneur de vous faire observer que ce fragment était primitivement d'un volume égal à... — à cette carte géographique — dit Raphaël en montrant à M. Lacrampe un atlas ouvert ; et depuis trois mois elle s'est insensiblement contractée...

— Bien !... reprit le savant. Je comprends... Mais, Monsieur, toutes les dépouilles d'êtres primitivement organisés sont sujets à un dépérissement naturel, facile à concevoir, et dont les progrès sont soumis aux influences atmosphériques... Les métaux eux-mêmes se dilatent ou se reserrent d'une manière sensible. — Les ingénieurs ont observé des déplacemens assez considérables de pierres très-pesantes, dans lesquelles des barres de fer avaient seulement été scellées... La science est vaste, et la vie humaine est bien courte ; aussi, n'avons-nous pas la prétention de connaître tous les phénomènes de la nature.

— Monsieur, reprit Raphaël presque confus, excusez la demande que je vais vous faire.

Êtes-vous bien sûr que cette peau soit soumise aux lois ordinaires de la zoologie, qu'elle
puisse s'étendre ?...

— Oh ! certes...

M. Lacrampe essaya de tirer le talisman.

— Ah ! peste... s'écria-t-il... — Mais, Monsieur, reprit-il, si vous voulez aller voir
M. Planchette, le célèbre professeur de mécanique, il trouvera certainement un moyen
d'agir sur cette peau, de l'amollir, de la dis-
tendre.

— Oh ! Monsieur, vous me sauvez la vie !...

Raphaël salua le savant naturaliste et courut chez M. Planchette, laissant le bon Lacrampe au milieu de son cabinet rempli de
monstres, de fœtus, de bocaux, de plantes
séchées, remportant de cette visite, sans le
savoir, toute la science humaine : — une no-
menclature !...

Ce bon homme ressemblait à Sancho Pança
racontant à Don Quichotte l'histoire des mou-

tons. Il s'amusait à compter des brebis, à les numéroter ; et, arrivé sur le bord de la tombe, il connaissait à peine une petite fraction des incommensurables nombres du grand troupeau, jeté par Dieu à travers l'océan des mondes, dans un but ignoré.

Raphaël était content.

— Je vais tenir mon âne en bride!... s'écriait-il.

Sterne avait dit avant lui : — Ménageons notre âne, si nous voulons vivre vieux !...

Mais la bête est si fantasque !

11. 4ᵉ édit.　　　　　16

XLII.

M. Planchette est un grand homme sec, véritable poëte perdu dans une perpétuelle contemplation, regardant toujours un abîme - sans fond : — LE MOUVEMENT!...

Le vulgaire taxe de folie ces esprits subli- mes, gens incompris qui vivent dans une ad- mirable insouciance du luxe et du monde, restant des journées entières occupés à fumer un cigare éteint, ou venant dans un salon sans avoir toujours bien exactement marié les boutons de leurs vêtemens avec les boutonnières. Mais un jour, après avoir longtemps mesuré le vide, ou entassé des x sous des $Aa + gG$, ils ont analysé quelque loi naturelle, décomposé le plus simple des principes, et tout à coup la foule admire une nouvelle machine, ou quelque haquet dont la facile structure nous étonne et nous confond !

Et le savant modeste sourit en disant à ses admirateurs :

— Qu'ai-je donc créé ? Rien. L'homme n'invente pas une force, il la dirige, et la science consiste à imiter la nature.

Raphaël surprit M. Planchette immobile, et planté sur ses deux jambes, comme un pendu tombé droit sous une potence. Le mathématicien examinait une bille d'agate roulant sur un cadran solaire, attendant, sans doute, qu'elle s'y arrêtât...

M. Planchette n'était ni décoré, ni pensionné. Le pauvre homme ne savait pas enluminer ses calculs. Se trouvant heureux de vivre à l'affût d'une découverte, il ne pensait ni à la gloire, ni au monde, ni à lui-même, et vivait dans la science, pour la science.

— Cela est indéfinissable !... s'écria-t-il.

— Ah! ah!... Monsieur, reprit-il en apercevant Raphaël, je suis votre serviteur... Comment va la maman?... Allez voir ma femme...

— J'aurais cependant pu vivre ainsi! pensa Raphaël.

Puis, il tira le savant de sa rêverie en lui demandant le moyen d'agir sur le talisman, qu'il lui présenta.

— Dussiez-vous rire de ma crédulité, Monsieur, dit le marquis en terminant, je ne vous cacherai rien... Cette peau me semble posséder une force de résistance sur laquelle rien ne peut prévaloir.

M. Planchette sourit dédaigneusement.

— Monsieur, dit-il, les gens du monde traitent toujours la science assez cavalièrement, et, tous, nous disent à peu près ce qu'un *Incroyable* disait à M. de Lalande en lui amenant des dames après l'éclipse : — *Ayez la bonté de recommencer...*

Mais, voyons ? Quel effet voulez-vous produire ?...

La mécanique a pour but, soit d'appliquer les lois du mouvement, soit de les neutraliser.

Quant au mouvement en lui-même, je vous déclare avec humilité que nous sommes hors d'état de le définir.

Cela posé, nous avons remarqué certains phénomènes constans qui régissent l'action des solides et des fluides, et nous pouvons, en reproduisant les causes génératrices de ces phénomènes, arriver à transporter les corps, à leur transmettre une force locomotive dans des rapports de vitesse déterminée; à les lancer; à les diviser simplement ou à l'infini, soit que nous les cassions ou les pulvérisions; puis, à les tordre, à leur imprimer une rotation, à les modifier, à les comprimer, à les dilater, les étendre...

Et toute cette science, Monsieur, repose sur un seul fait.

— Vous voyez cette bille, reprit-il. Regardez... Elle est ici — sur cette pierre. — La voici maintenant là. De quel nom appellerons-nous cet acte si physiquement naturel et cependant si moralement extraordinaire?... Mouvement, — locomotion, — changement de lieu ?....... Quelle immense vanité n'est pas cachée sous les mots humains ? Un nom !... Est-ce donc une solution? Voilà pourtant toute la science !....... Nos machines ne font que décomposer cet acte, ce fait. Nous pou-

vons avec ce léger phénomène, opéré sur une masse, faire sauter Paris!... Nous pouvons augmenter la vitesse aux dépens de la force, et la force aux dépens de la vitesse. Et qu'est-ce que la force et la vitesse ? Notre science est impuissante à le dire, comme elle l'est à créer un mouvement! Un mouvement, quel qu'il soit, est un immense pouvoir!... Et l'homme n'invente pas de pouvoirs! Le pouvoir est un, comme le mouvement qui est l'essence même du pouvoir. Tout est mouvement. La pensée est un mouvement. La nature entière repose sur le mouvement. La mort n'est que l'absence du mouvement; et, si Dieu est éternel, c'est qu'il est toujours en mouvement. Dieu est le mouvement, peut-être!... Voilà pourquoi le mouvement est inexplicable comme lui; comme lui, profond, sans bornes, incompréhensible, intangible. Qui a jamais touché, compris, mesuré le mouvement?
— Nous en sentons les effets sans le voir.

Nous pouvons même le nier comme nous nions Dieu. Où est-il, où n'est-il pas ? D'où part-il ? Où en est le principe ? Où en est la fin ? Il nous enveloppe, nous presse et nous échappe. Il est évident comme un fait, obscur comme une abstraction !... et tout à la fois effet et cause. Il lui faut comme à nous l'espace, et qu'est-ce que l'espace ? Le mouvement seul nous le révèle, et sans le mouvement, il n'est plus qu'un mot. Problème insoluble, semblable au vide, semblable à la création, à l'infini. Il confond la pensée humaine, et tout ce qu'il est permis à l'homme de concevoir, c'est qu'il ne le concevra jamais !.........

— Entre chacun des points successivement occupés par cette bille dans l'espace, reprit le savant, il y a un abîme pour la raison humaine, un abîme, Monsieur, où est tombé Pascal !...

Pour agir sur la substance inconnue que

vous voulez soumettre à une force inconnue, il faut d'abord étudier cette substance !...

D'après sa nature, ou elle se brisera sous un choc, ou elle y résistera. — Si elle doit se diviser et que votre intention ne soit pas de la partager, nous n'atteindrons pas le but proposé !

Voulez-vous la comprimer ?...

Il faut transmettre un mouvement égal à toutes les parties de la substance de manière à diminuer uniformément l'intervalle qui les sépare.

Désirez-vous l'étendre ?...

Nous devrons tâcher d'imprimer à chaque molécule une force excentrique égale ; car sans l'observation exacte de cette loi, nous y produirions des solutions de continuité...

Il existe, Monsieur, des modes infinis, des combinaisons sans bornes dans le mouvement ; à quel effet vous arrêtez-vous ?...

— Monsieur, dit Raphaël impatienté, je

désire une pression quelconque assez forte
pour étendre infiniment cette peau...

— La substance étant finie, répondit le mathématicien, ne saurait être distendue indéfiniment; mais la compression multipliera
nécessairement l'étendue de sa surface aux
dépens de l'épaisseur ; bref elle s'amincira jusqu'à ce que la matière manque...

— Obtenez ce résultat,... Monsieur!... s'é-
cria Raphaël, et vous aurez gagné deux millions!...

— Je vous volerais votre argent, répondit
le professeur avec le flegme d'un Hollandais.
Je vais vous démontrer en deux mots l'existence d'une machine sous laquelle Dieu lui-
même serait écrasé comme une mouche. Elle
réduirait un homme à l'état de papier brouillard, un homme botté, éperonné, cravaté,
chapeau, or, bijoux, tout...

— Quelle horrible machine!...

— Au lieu de jeter leurs enfans à l'eau, les

Chinois devraient les utiliser ainsi... reprit le savant sans penser au respect de l'homme pour sa progéniture.

Et, tout entier à son idée, M. Planchette prit un pot de fleurs vide, en terre rouge, troué dans le fond, le posa sur la dalle gnomonique; puis, apercevant un peu de terre glaise dans un coin du jardin, il alla en chercher un morceau.

Raphaël stupéfait, resta *charmé* comme un enfant écoutant quelque histoire merveilleuse contée par sa nourrice.

M. Planchette jeta sa terre glaise sur la dalle; puis, tirant de sa poche une serpette, il coupa deux branches de sureau, et se mit à les vider; mais tout en préparant sa machine, il sifflait et chantait comme si Raphaël n'eût pas été là.

— Tout est prêt !... dit-il.

Alors, il attacha fort habilement, par un coude en terre glaise, l'un de ses tuyaux de bois au fond du pot, de manière à ce que le trou du sureau correspondît à celui du vase. Vous eussiez dit une énorme pipe. Puis, il étala sur la dalle du cadran solaire un lit de glaise auquel il donna la forme d'une pelle, assit le pot de fleurs dans la partie la plus large, et fixa la branche de sureau sur la portion qui en représentait le manche. Enfin, mettant un pâté de terre glaise à l'extrémité du tube en sureau, il y planta l'autre branche creuse, toute droite, mais en pratiquant un autre coude pour la joindre à la branche horizontale, en sorte que l'air, ou tel fluide ambiant donné, pût circuler dans cette machine improvisée, et courir, depuis l'embouchure du tube vertical, à travers le canal intermédiaire, jusque dans le grand pot de fleurs vide.

— Monsieur, cet appareil, dit-il à Raphaël avec le sérieux d'un académicien prononçant son discours de réception, est le plus beau titre du grand Pascal à notre admiration.

— Je ne comprends pas...

Le savant sourit.

Il alla détacher d'un arbre fruitier une petite bouteille dans laquelle son pharmacien
lui avait envoyé une liqueur où se prenaient
les fourmis ; il en cassa le fond, se fit un entonnoir, l'adapta soigneusement au trou de la
branche creuse qu'il avait fixée verticalement
dans l'argile, en opposition au grand réservoir figuré par le pot de fleurs ; et, au moyen
d'un arrosoir, il y versa la quantité d'eau nécessaire pour qu'elle se trouvât également bord
à bord et dans le grand vase et dans la petite
embouchure circulaire du sureau.

Raphaël pensait à sa peau de chagrin.

— Monsieur, dit le mécanicien, l'eau passe
encore aujourd'hui pour un corps incompres-
sible. Noubliez pas ce principe fondamental.
Néanmoins elle se comprime ; mais si légèrement, que nous devons compter sa faculté
contractile comme zéro.

— Vous voyez la surface que présente l'eau arrivée à la superficie du pot de fleurs.

— Oui, Monsieur.

— Hé bien, supposez cette surface mille fois plus étendue que ne l'est l'orifice du bâton de sureau par lequel j'ai versé le liquide... Tenez, j'ôte l'entonnoir.

— D'accord...

— Hé bien, Monsieur, si par un moyen quelconque j'augmente le volume de cette masse en introduisant encore de l'eau par l'orifice du petit tuyau, le fluide sera contraint d'y descendre, et de monter dans le réservoir figuré par le pot de fleurs jusqu'à ce que le liquide arrive à un même niveau dans l'un et l'autre...

— Cela est évident !... s'écria Raphaël.

— Mais il y a cette différence, reprit le savant, que si la mince colonne d'eau ajoutée dans le petit tube vertical y représente une force égale, au poids d'une livre, par exemple,

comme son action se transmettra fidèlement
à la masse liquide et viendra réagir sur tous
les points de la surface qu'elle présente dans
le pot de fleurs, il s'y trouvera mille colonnes d'eau qui, tendant toutes à s'élever comme
si elles étaient poussées par une force égale à
celle qui fait descendre le liquide dans le bâton de sureau vertical, produiront nécessairement ici... dit M. Planchette en montrant à
Raphaël l'ouverture du pot de fleurs, une
puissance mille fois plus considérable que la
puissance introduite là....

Et le savant indiquait du doigt au marquis le tuyau de bois fiché droit dans la
glaise.

— Cela est tout simple!... dit Raphaël.

M. Planchette sourit.

— En d'autres termes, reprit-il avec cette
ténacité de logique naturelle aux mathématiciens, il faudrait, pour repousser l'irruption
de l'eau, déployer, sur chaque partie de la

grande surface, une force égale à la force agissant dans le conduit vertical; à cette différence près que, si la colonne liquide y est haute d'un pied, les mille petites colonnes de la grande surface n'y auront qu'une très-faible élévation...

— Maintenant, dit Planchette en donnant une chiquenaude à ses bâtons, remplaçons ce petit appareil grotesque par des tubes métalliques d'une force et d'une dimension convenables... Si vous couvrez d'une forte platine mobile la surface fluide du grand réservoir, et, qu'à cette platine, vous en opposiez une autre dont le résistance et la solidité soient à toute épreuve; si, de plus, vous m'accordez la puissance d'ajouter sans cesse de l'eau par le petit tube vertical à la masse liquide, l'objet, pris entre les deux plans solides, doit nécessairement céder à l'immense action qui le comprime indéfiniment.

Or, le moyen d'introduire constamment de

l'eau par le petit tube est une niaiserie en mécanique, ainsi que le mode de transmettre la
puissance de la masse liquide, à une platine...
Deux pistons et quelques soupapes suffisent!...

— Alors, concevez-vous, mon cher Monsieur, dit-il en prenant le bras de Valentin,
qu'il n'existe guère de substance qui, prise
entre ces deux résistances indéfinies, ne soit
fatalement contrainte à s'étaler...

— Quoi! l'auteur des *Lettres provinciales* a
inventé!... s'écria Raphaël.

— Lui seul!... Monsieur. La mécanique ne
connaît rien de plus simple ni de plus beau...
Le principe contraire, l'expansibilité de l'eau
a créé la machine à vapeur... Mais l'eau n'est
expansible qu'à un certain degré, tandis que
son incompressibilité, étant une force en
quelque sorte négative, se trouve nécessairement infinie...

— Si cette peau s'étend!... dit Raphaël; je

vous promets d'élever une statue colossale à Blaise Pascal ; de fonder un prix de cent mille francs pour le plus beau problème de mécanique résolu dans chaque période de dix ans ; de doter vos cousines, arrière-cousines ; et, enfin, de bâtir un hôpital destiné aux mathématiciens devenus fous !...

— Ce serait fort utile !... dit M. Planchette.

— Monsieur, reprit-il avec le calme d'un homme vivant dans une sphère tout intellectuelle, nous irons demain chez M. Spieghalter... Ce mécanicien distingué vient de confectionner, d'après mes plans, une machine perfectionnée avec laquelle un enfant peut faire tenir cent bottes de foin dans un chapeau.

— A demain, Monsieur.

— A demain.

— Parlez-moi de la mécanique !... s'écria Raphaël. N'est-ce pas la plus belle de toutes les sciences !... L'autre avec ses Onagres, ses classemens, ses canards, ses genres et ses bocaux pleins de monstres, est tout au plus bon à marquer les points dans un billard public!...

XLIII.

Le lendemain, Raphaël, tout joyeux, vint chercher M. Planchette.

Ils allèrent ensemble dans la rue de la Santé, nom de favorable augure !...

En entrant chez Spieghalter, le jeune homme se trouva dans un établissemment immense, où ses regards tombèrent sur une multitude de forges rouges et rugissantes. C'était

une pluie de feu, un déluge de clous, un océan
de pistons, de vis, de leviers, de traverses, de
limes, d'écrous, une mer de fontes, de bois,
de soupapes et d'aciers en barres. La limaille
prenait à la gorge. Il y avait du fer dans la
température; les hommes étaient couverts de
fer; tout puait le fer. Le fer avait une vie, il
était organisé, il se fluidifiait, marchait, pensait en prenant toutes les formes, obéissant à
tous les caprices...

Enfin, à travers les hurlemens des soufflets,
les *crescendo* des marteaux, les sifflemens des
tours qui faisaient grogner le fer, il arriva dans
une grande pièce, propre et bien aérée, où il
put contempler à son aise la presse immense
dont M. Planchette lui avait parlé. Il admira
des espèces de madriers en fonte, et des jumelles en fer, unies par une indestructible
concaténation.

— Si vous tourniez sept fois cette manivelle
avec promptitude... lui dit M. Spieghalter en

lui montrant un balancier de fer poli, vous feriez jaillir une planche d'acier en des milliers de jets qui vous entreraient dans les jambes comme des aiguilles.

— Peste !... s'écria Raphaël.

M. Planchette glissa lui-même la peau de chagrin entre les deux platines de cette presse infernale; et, avec la sécurité que donnent les convictions scientifiques, il manœuvra vivement le balancier.

— Couchez-vous tous !..... Nous sommes morts !... cria Spieghalter d'une voix tonnante en se laissant tomber lui-même à terre.

Un sifflement horrible retentit dans les ateliers. L'eau contenue dans la machine brisa la fonte, produisit un jet d'une incroyable puissance, et se dirigea heureusement sur une vieille forge qu'elle renversa, bouleversa, tordit comme lorsqu'une trombe entortille une maison et l'emporte avec elle.

— Oh ! oh !... dit tranquillement M. Plan-

chette, le chagrin est sain comme mon œil !
— Maître Spieghalter, il y avait une paille
dans votre fonte !... ou un interstice dans le
grand tube...

— Non, non !... je connais ma fonte .. Monsieur peut remporter son outil ! Il faut que le
diable soit logé dedans...

L'Allemand, furieux, saisit un marteau de
forgeron, jeta la peau sur une enclume ! et,
avec toute la force que donne la colère, il dé-
chargea sur le talisman le plus terrible coup
qui jamais eût mugi dans ses ateliers.

— Il n'y paraît seulement pas !... s'écria
M. Planchette surpris et caressant le chagrin
rebelle.

Les ouvriers accoururent. Le contre-maître
prit la peau, la plongea dans le charbon de
terre d'une forge; et, tous rangés en demi-
cercle autour du feu, attendirent avec impatience le jeu d'un énorme soufflet...

Raphaël, M. Spieghalter, le profeseur Plan-

chette occupaient le centre de cette foule noire
et attentive. En voyant tous ces yeux blancs,
ces têtes poudrées de fer, ces vêtemens noirs
et luisans, ces poitrines poilues, Raphaël se
crut transporté dans le monde nocturne et
fantastique des ballades allemandes.

Le contre-maître saisit la peau avec des
pinces après l'avoir laissée dans le foyer pendant dix minutes...

— Rendez-la-moi !... s'écria Raphaël.

Le contre-maître la présenta par plaisanterie à Raphaël, qui la mania facilement. Elle
était froide, souple et ductile sous ses
doigts...

Un cri d'horreur s'éleva de toutes parts.
Les ouvriers s'enfuirent. Valentin resta seul
avec M. Planchette dans l'atelier désert.

— C'est vrai !... Il y a certes quelque chose
de diabolique là-dedans !... s'écria Raphaël
au désespoir. Aucune puissance humaine ne
saurait donc me donner un jour de plus !...

— Monsieur, j'ai tort !... répondit le mathématicien d'un air contrit. — Nous devions
soumettre cette peau singulière à l'action d'un
laminoir... Où diable avais-je les yeux en vous
proposant une pression !...

— C'est moi qui l'ai demandée !... répliqua
Raphaël.

Le savant respira comme un coupable ac-
quitté par douze jurés. Cependant, intéressé
par le problème étrange que lui offrait cette
peau, il réfléchit un moment ; puis, dit froidement :

— Il faut traiter cette substance inconnue
par des réactifs. Allons voir Japhet ! La Chimie sera peut-être plus heureuse que ne l'est
la Mécanique !

Valentin mit son cheval au grand trot,
dans l'espoir de rencontrer le fameux chimiste Japhet à son laboratoire.

— Hé bien, mon vieil ami ? dit Planchette,
en apercevant Japhet assis dans un fauteuil

et contemplant *un précipité*. Comment va la chimie?...

— Elle s'endort!... Rien de neuf!... — L'Académie a cependant reconnu l'existence de la *Salicine*... Mais la salicine, l'asparagine, la vauqueline, la digitaline, ne sont pas des découvertes...

— Faute de pouvoir inventer des choses, dit Raphaël, il paraît que vous en êtes réduits à inventer des noms...

— Cela est, pardieu, vrai!... jeune homme.

— Tiens!... dit le professeur Planchette au chimiste, essaie de nous décomposer cette substance. Si tu en extrais un principe quelconque, je le nomme d'avance : — *la diaboline*. En voulant la comprimer nous venons de briser une presse hydraulique.

— Voyons!... voyons cela!... s'écria joyeusement le chimiste. Ce sera peut-être un nouveau corps simple.

— Monsieur, dit Raphaël, c'est tout simplement un morceau de peau d'âne.

— Monsieur !... reprit gravement le célèbre chimiste. Monsieur...

— Je ne plaisante pas !... répliqua le marquis en lui présentant son chagrin.

Le baron Japhet appliqua sur la peau les papilles et les houppes nerveuses de sa langue si habile à déguster les sels, les acides, les alcalis, les gaz, et dit après quelques essais :

— Point de goût !... Voyons, nous allons lui faire boire un peu d'acide phthorique !

Soumis à l'action de ce principe, si prompt à désorganiser les tissus animaux, la peau ne subit aucune altération.

— Ce n'est pas du chagrin !... s'écria le chimiste. Nous allons traiter ce mystérieux inconnu comme un minéral et lui donner sur le nez en le mettant dans un creuset infusible où j'ai précisément de la potasse rouge...

M. Japhet sortit et revint bientôt.

— Monsieur, dit-il à Raphaël, laissez-moi prendre un morceau de cette singulière substance... Elle est si extraordinaire...

— Un morceau !... s'écria Raphaël. Pas seulement la valeur d'un cheveu !... D'ailleurs essayez ?... dit-il d'un air tout à la fois triste et goguenard...

Le savant cassa un rasoir en voulant entamer la peau ; alors il tenta de la briser par une forte décharge d'électricité ; puis, il la soumit à l'action de la pile voltaïque ; mais enfin toutes les foudres de sa science échouèrent sur le terrible talisman !...

Il était sept heures du soir. Planchette, Japhet et Raphaël, ne s'apercevant pas de la fuite du temps, attendaient le résultat d'une dernière expérience. Le chagrin sortit victorieux d'un épouvantable choc auquel il avait été soumis grâce à une quantité raisonnable de poudre fulminante.

— Je suis perdu !... s'écria Raphaël. Dieu est là. Je vais mourir...

Il laissa les deux savans stupéfaits.

— Gardons-nous bien de raconter cette aventure à l'Institut ; nos collègues s'y moqueraient de nous !... dit Planchette au chimiste après une longue pause pendant laquelle ils se regardèrent sans oser se communiquer leurs pensées.

Ils étaient comme des chrétiens sortant de leurs tombes sans trouver un Dieu dans le ciel.

— La science ?... Impuissante !

— Les acides ? Eau claire !...

— La potasse rouge ?... Déshonorée.

— La pile voltaïque et la foudre ?... Deux bilboquets !...

— Une presse hydraulique fendue !... ajouta Planchette, fendue comme une mouillette !...

— Je crois au diable !... dit le baron Japhet après un moment de silence.

— Et moi à Dieu !... répondit Planchette.

Tous deux étaient dans leur rôle. L'univers est une machine ; et la chimie, l'œuvre d'un démon qui va décomposant tout !...

— Nous ne pouvons pas nier le fait !... reprit le chimiste.

— Bah ! Messieurs les Doctrinaires ont créé pour nous consoler ce nébuleux axiome : — *Bête comme un fait !...*

— Ton axiome, répliqua le chimiste, me semble, à moi, — *fait comme une bête ?...*

Ils se prirent à rire, et dînèrent en gens qui ne voyaient plus qu'un phénomène dans un miracle.

à
S
n
h
a
d

XLIV.

En rentrant chez lui, Valentin était en proie
à une rage froide. Il ne croyait plus à rien.
Ses idées se brouillaient dans sa cervelle, tour-
noyaient et vacillaient comme celles de tout
homme en présence d'un fait impossible. Il
avait cru volontiers à quelque défaut secret
dans la machine de Spieghalter. L'impuissance

de la science et du feu ne l'étonnait pas. Mais la souplesse de la peau quand il la maniait, et sa dureté lorsque les moyens de destruction mis à la disposition de l'homme étaient dirigés sur elle, l'épouvantaient. Ce fait incontestable lui donnait le vertige.

— Je suis fou !... se dit-il en entrant chez lui. Je n'ai ni faim, ni soif, et je sens, dans ma poitrine, un foyer qui me brûle !...

Il mit la peau de chagrin dans le cadre où elle avait été naguère enfermée ; puis, après avoir, de nouveau, décrit, par une ligne d'encre rouge, le contour actuel du talisman, il s'assit dans son fauteuil.

— Déja huit heures !... s'écria-t-il. Cette journée a passé comme un songe !...

S'accoudant sur le bras du fauteuil, il s'appuya la tête dans sa main gauche, et resta perdu dans une de ces méditations funèbres, dans ces pensées dévorantes dont les condamnés à mort emportent le secret au tombeau.

— Ah! Pauline! Pauline!... s'écria-t il. Pauvre enfant, il y a des abîmes que l'amour ne saurait franchir, quelque puissantes et fortes que soient ses ailes!...

En ce moment, il entendit très-distinctement un soupir étouffé...

Il reconnut, par un des plus touchans priviléges de la passion, le souffle de sa Pauline.

— Oh! se dit-il, voilà mon arrêt!... Si elle était là, je voudrais mourir dans ses bras.

Un éclat de rire, bien franc, bien joyeux, lui fit tourner la tête vers son lit, et il vit à travers les nuages des rideaux diaphanes, la figure de Pauline, souriant comme un enfant heureux d'une malice qui réussit. Ses beaux cheveux formaient des milliers de boucles sur ses épaules. Elle était là, semblable à une rose du Bengale sur un lit de roses blanches.

— J'ai séduit Jonathas!... dit-elle. Ce lit ne

m'appartient-il pas, à moi qui suis l'épouse !...

— Ne me gronde pas, chéri ; je ne voulais que dormir près de toi !... te surprendre !... Oh ! pardonne-moi cette folie !...

Puis, sautant hors du lit, par un mouvement de chatte, elle se montra radieuse et vêtue de mousseline ; puis, s'asseyant sur les genoux de Raphaël :

— De quel abîme parlais-tu donc, mon amour?... dit-elle en laissant voir sur son front une expression soucieuse.

— De la mort, ma chérie...

— Oh ! tu me fais mal !..... répondit-elle. Nous autres, pauvres femmes, nous sommes faibles, et il y a certaines idées auxquelles nous ne pouvons pas nous arrêter.... Elles nous tuent. Est-ce force d'amour, ou manque de courage?... Mais cependant la mort ne m'effraie pas !... reprit-elle en riant. — Mourir avec toi, demain matin, ensemble, dans un dernier baiser !... Oh ! ce serait un bonheur !... Il me semble que j'aurais encore vécu plus de cent ans ! Qu'importe le nombre des jours, si, dans une nuit, dans une heure, nous avons épuisé toute une vie de paix et d'amour !...

— Tu as raison !... s'écria Raphaël ; le ciel parle par ta jolie bouche. — Donne !... Que je la baise... Et, mourons.

— Mourons ! dit-elle en riant.

XLV.

Vers les neuf heures du matin, le jour, qui passait à travers les fentes des persiennes, amoindri par la mousseline des rideaux, permettait à peine de voir les riches couleurs du tapis et les meubles soyeux de la chambre où reposaient les deux époux. Quelques dorures étincelaient. Un rayon de soleil venait mourir

sur le mol édredon de soie jaune que les jeux
de l'amour avaient jeté par terre. Suspendue
à une grande psyché, la robe de Pauline se
dessinait comme une vaporeuse apparition.
Ses souliers mignons avaient été laissés loin
du lit avec négligence... Le silence profond
de ce temple amoureux fut troublé par un
rossignol qui vint se poser sur l'appui de la
fenêtre. Ses gazouillemens répétés, et le bruit
que firent ses ailes soudainement déployées
quand il s'envola, réveillèrent Raphaël.

— Pour mourir ?... dit-il en achevant une
pensée commencée dans le rêve d'où il sortait, il faut que mon organisation, ce mécanisme de chair et d'os animé par ma volonté,
et qui fait de moi un individu *homme*, présente une lésion sensible... Les médecins doivent connaître les symptômes de la vitalité,
de la mort, et savoir me dire si je suis en
santé ou malade.

Il contempla Pauline qui, tout en dormant,

lui tenait la tête , exprimant ainsi, même pendant le sommeil, les tendres sollicitudes de
l'amour. Gracieusement étendue comme un
jeune enfant et le visage tourné vers son ami,
elle semblait le regarder encore et lui tendre
sa jolie bouche entr'ouverte qui laissait passer
un souffle égal et pur. Ses petites dents de
porcelaine relevaient la rougeur de ses lèvres
fraîches sur lesquelles errait un sourire. L'in-
carnat de son teint était plus vif, et la blancheur, pour ainsi dire, plus blanche en ce
moment qu'aux heures les plus amoureuses de
la journée. Son abandon, sa gracieuse posture peignaient une innocente confiance qui
mêlait au charme de l'amour les adorables
attraits de l'enfance endormie. Les femmes
même les plus naturelles obéissent encore
pendant le jour à certaines conventions sociales qui enchaînent leur naïveté, les expan-
sions vives de leur âme et leurs mouvemens ;
mais le sommeil semble les rendre par degrés

à la chaste aisance, à la soudaineté de vie qui
décorent le premier âge. Pauline était là, ne
rougissant de rien comme une de ces chères
et célestes créatures dont la raison n'a point
encore jeté ni pensées dans les gestes, ni secrets dans le regard.

Son divin profil se détachait vivement sur
la fine batiste des oreillers, et de grosses ruches de dentelles mêlées à ses cheveux en
désordre lui donnaient un petit air mutin.
Elle semblait s'être endormie dans le plaisir.
Ses longs cils étaient appliqués sur sa joue
comme pour garantir sa vue d'une lueur trop
forte ou pour aider à ce recueillement de
l'âme quand elle essaie de retenir une volupté
parfaite, mais fugitive. Son oreille mignonne,
blanche et rouge, encadrée par une touffe de
cheveux, et dessinée dans une coque de la
Malines, eût rendu fou d'amour un artiste,
un peintre, un vieillard, eût peut-être res-
titué la raison à quelque insensé...

Oh! voir sa maîtresse endormie, au matin,
rieuse dans un songe, paisible sous votre protection, vous aimant même en rêve, au moment où la créature semble cesser d'être, et
vous offrant encore une bouche muette, qui,
dans le sommeil, possède un langage pour
vous parler du dernier baiser... voir une
femme confiante, demi-nue, mais enveloppée
dans son amour comme dans un manteau, et
chaste au sein du désordre... admirer ses vêtemens épars, un bas de soie rapidement
quitté la veille pour vous plaire, une ceinture
dénouée, dont la boucle d'or, qui gît à terre,
vous accuse une passion, une foi infinie!...
N'est-ce pas une joie sans nom?... Cette ceinture est un poëme entier : la femme qu'elle
protégeait n'existe plus, elle vous appartient,
elle est devenue *vous*; et, désormais, la tra-
hir!... c'est se blesser soi-même...

Raphaël se sentit attendri. Il contempla
cette chambre chargée d'amour, pleine de

souvenirs, où le jour prenait des teintes vo-
luptueuses, où tout semblait mystère ; puis,
il revint à cette belle femme aux formes pures,
jeunes, amante encore, et, dont surtout les
sentimens étaient à lui sans partage... Alors
il désira vivre toujours.

Quand son regard tomba sur Pauline, elle
ouvrit aussitôt les yeux comme si un rayon
de soleil l'eût frappée.

— Bonjour, ami! dit-elle en souriant. Es-
tu beau, méchant?...

Ces deux têtes avaient une grâce inexprimable, due à l'amour et à la jeunesse, au
demi-jour et au silence. C'était une de ces divines scènes dont la magie passagère appartient aux premiers jours de la passion,
comme la naïveté, la candeur sont les attri-
buts de l'enfance... Oui, les joies printanières
de l'amour et les rires de notre jeune âge
doivent s'enfuir et ne plus vivre que dans
notre souvenir pour nous désespérer, ou nous.

jeter quelque parfum consolateur, suivant les caprices de nos méditations séniles.

— Oh! pourquoi t'es-tu réveillée ! dit Raphaël. J'avais tant de plaisir à te voir endormie... J'en pleurais.

— Et moi aussi, répondit-elle, j'ai pleuré cette nuit, en te contemplant dans ton repos... mais non pas de joie... Écoute, mon Raphaël, écoute-moi ! Lorsque tu dors, ta respiration n'est pas franche... Il y a dans ta poitrine quelque chose qui résonne. Cela m'a fait peur. Tu as, même pendant ton sommeil, une petite toux sèche absolument semblable à celle de mon père qui meurt d'une phthisie... Et, dans le bruit de tes poumons, j'ai reconnu quelques-uns des effets bizarres de cette maladie. Ensuite tu avais la fièvre !... J'en suis sûre ! Ta main était moite et brûlante...

— Oh ! chéri ! tu es jeune... dit-elle en frissonnant. Tu pourrais te guérir encore si, par malheur...

— Mais, non! s'écria-t-elle joyeusement, il n'y a pas de malheur, car la maladie se gagne, disent les médecins...

Et, de ses deux bras, elle enlaça Raphaël; puis, saisissant sa respiration en un baiser chaud d'amour, un de ces baisers dans lesquels l'âme est tout entière...

— Je ne désire pas vivre vieille! dit-elle. Oh! mourir jeunes tous deux, et nous en aller dans le ciel les mains pleines de fleurs!...

— Ces projets-là se font toujours quand nous sommes en bonne santé!... répondit Raphaël en plongeant ses mains dans la chevelure de Pauline pour lui caresser la tête...

En ce moment Raphaël eut un horrible accès de toux, une de ces toux graves et sonores qui semblent sortir d'un cercueil, qui font pâlir le front des malades, puis les laissent tremblans, tout en sueur, après avoir remué leurs nerfs, ébranlé leurs côtes, fatigué leur moelle épinière, et imprimé je ne sais quelle lourdeur à leurs veines.

Raphaël abattu, pâle, se coucha lentement, affaissé comme un homme dont toute la force a été dissipée dans un dernier effort.

Pauline le regarda d'un œil fixe et agrandi par la peur, et resta immobile, blanche, silencieuse.

— Ne faisons plus de folies, mon ange!... dit-elle enfin.

Puis, voulant cacher à Raphaël les horribles pressentimens dont elle était agitée, elle se voila la figure de ses mains; car elle apercevait le hideux squelette de la MORT.

La tête de Raphaël était devenue livide et creuse comme un crâne arraché aux profondeurs d'un cimetière pour servir aux études de quelque savant.

Pauline se souvenait de l'exclamation

échappée la veille à Valentin et se dit à elle-même :

— Oui, il y a des abîmes que l'amour ne peut pas traverser ; mais il doit s'y ensevelir !...

Les deux époux faisaient silence. — Plus de jeux !... Pauline était comme une mère pour son mari !...

XLVI.

Quelques jours après cette scène de désola-
tion, Raphaël se trouva, par une matinée du
mois de mars, assis dans un fauteuil, entouré de quatre médecins qui l'avaient fait
placer au jour, devant la fenêtre de sa chambre, et, tour à tour, lui tâtaient le pouls, le
palpaient, l'interrogeaient avec une apparence d'intérêt et de sagacité.

Le malade, pâle, triste, épiait leurs pensées, interprétant et leurs gestes et les moindres plis qui se formaient sur leurs fronts.

Cette consultation était sa dernière espérance. Ces hommes, juges suprêmes, allaient lui prononcer un arrêt de vie ou de
mort.

Aussi, pour arracher à la science humaine
son dernier mot, Valentin avait-il convoqué
les oracles de la médecine moderne. Grâce à
sa fortune et à son nom, les types des trois
systèmes entre lesquels flottent les connaissances humaines étaient là devant lui.

Trois de ces docteurs portaient avec eux
toute la philosophie médicale, et représen-
taient admirablement bien le combat que se
livrent, en ce moment, la Spiritualité, l'Ana-
lyse, et je ne sais quel Éclectisme railleur.

Quant au quatrième médecin, c'était un
homme plein d'avenir et de science, le plus
distingué peut-être des élèves internes de

l'Hôtel-Dieu, sage et modeste député de la studieuse jeunesse qui s'apprête à recueillir l'hé-
ritage des trésors amassés depuis cinquante
ans par l'École de Paris, et qui bâtira peut-
être le monument pour lequel les siècles pré-
cédens ont apportés tant de matériaux divers.

Ami du marquis et son camarade de collége, il lui avait donné ses soins depuis une
semaine, et l'aidait à répondre aux interro-
gations des trois professeurs auxquels il ex-
pliquait parfois avec une sorte d'insistance
quelque diagnostics dont il avait été frappé
et qui lui semblaient révéler les progrès d'une
phthisie pulmonaire.

— Vous avez sans doute fait beaucoup
d'excès, mené une vie dissipée?... Ou, vous
vous êtes livré à de grands travaux d'intelligence?... dit à Raphaël celui des trois célèbres
docteurs dont la tête carrée, la figure large,
l'organisation puissante lui paraissaient an-

noncer un génie supérieur à celui de ses deux
antagonistes.

— J'ai voulu me tuer par la débauche,
après avoir travaillé pendant trois ans à un
vaste ouvrage dont vous vous occuperez peut-
être un jour !... lui répondit Raphaël.

Le grand docteur hocha la tête en signe
de contentement, et comme s'il se fût dit en
lui-même : — « J'en étais sûr !... »

Ce docteur était l'illustre Brisset, le chef
des Organistes, le successeur des Cabanis
et des Bichat, le médecin des esprits positifs
et matérialistes qui voient en l'homme un
être fini, uniquement sujet aux lois de sa propre organisation, et dont l'état normal ou les
anomalies délétères peuvent aussi bien s'expli-
quer par des causes évidentes que par des dé-
rangemens physiques.

A cette réponse, Brisset regarda silencieusement un homme de moyenne taille, dont le
visage empourpré, l'œil ardent semblaient

appartenir à quelque satyre antique; et qui,
le dos appuyé sur l'angle du mur, près de la
croisée, contemplait attentivement Raphaël
sans mot dire.

Celui-là, homme d'exaltation et de croyance,
était le docteur Caméristus, le chef des Vita-
listes, le Victor Cousin, ou, pour mieux dire,
le Ballanche de la médecine, poétique défen-
seur des doctrines abstraites de Van-Helmont. Il voyait, dans la vie humaine, un principe élevé, secret, un phénomène inexplicable qui se joue des bistouris, trompe la
chirurgie, échappe aux médicamens de la
Pharmaceutique, aux x de l'Algèbre, aux dé-
monstrations de l'Anatomie, se rit de nos efforts; espèce de flamme impalpable, intangible, invisible, soumise à quelque loi divine,
et qui reste souvent au milieu d'un corps
condamné par nos arrêts, comme elle déserte
aussi les organisations les plus viables.

Un sourire sardonique errait sur les lèvres

du troisième. C'était le docteur Maugredie, esprit distingué, mais pyrrhonien, moqueur. Il ne croyait qu'au scalpel ; concédait à Brisset la mort d'un homme qui se portait à merveille, et reconnaissait avec Caméristus qu'un homme pouvait vivre encore après sa mort. Trouvant du bon dans toutes les théories, mais n'en adoptant aucune, il prétendait que le meilleur système médical était de n'en point avoir, et de s'en tenir aux faits. C'était le Panurge de l'École, le roi de l'observation, le grand explorateur, le grand railleur, l'homme des tentatives désespérées.

Il examinait la peau de chagrin.

— Je voudrais bien être témoin de la coïncidence qui existe entre vos désirs et son rétrécissement... dit-il au marquis.

— A quoi bon ? ... s'écria Brisset.

— A quoi bon ?... répéta Caméristus.

— Ah! vous êtes d'accord ?... répondit Maugredie.

— Cette contraction est toute simple !...... ajouta Brisset.

— Elle est surnaturelle !... dit Caméristus.

— En effet, répliqua Maugredie en affectant un air grave et en rendant à Raphaël sa peau de chagrin, le racornissement du cuir est un fait inexplicable et cependant naturel qui, depuis l'origine du monde, fait le désespoir de la médecine et des jolies femmes...

A force d'examiner les trois docteurs, Valentin ne découvrit en eux aucune sympathie pour ses maux. Restant silencieux à chaque réponse, le toisant même avec indifférence, ils le questionnaient, mais sans le plaindre. Il y avait de la nonchalance dans leur politesse ; et, soit certitude, soit réflexion, leurs paroles étaient rares, indolentes ; et, par momens, Raphaël les crut distraits.

De temps à autre, Brisset seul répondait : « — Bon ! — bon ! — bien !... » à tous les symptômes désespérans dont le jeune médecin con-firmait l'existence.

Caméristus demeurait plongé dans une pro-fonde rêverie.

Maugredie ressemblait à un auteur comi-que étudiant deux originaux pour les trans-porter fidèlement sur la scène.

Mais la figure de Prosper trahissait une peine profonde, un attendrissement plein de tristesse. Médecin depuis peu de temps, il n'était pas encore insensible, froid devant la douleur, impassible près d'un lit funèbre, et ne savait pas éteindre dans ses yeux les lar-mes amies qui empêchent un homme de voir clair, et de saisir, comme un général d'armée, le moment propice à la victoire, sans écouter les cris des moribonds.

Après être restés pendant une demi-heure environ à prendre en quelque sorte la me-sure de la maladie et du malade, comme un tailleur prend celle d'un habit à un jeune homme qui lui commande un vêtement de noces, ils dirent quelques lieux communs, parlèrent même des affaires publiques ; puis, ils voulurent passer dans le cabinet de Raphaël pour se communiquer leurs idées et rédiger la sentence.

— Messieurs, leur dit Valentin, ne puis-je donc pas assister au débat ?....

A ce mot, Brisset et Maugredie se récrièrent vivement ; et, malgré les instances de leur malade, ils se refusèrent à délibérer en sa présence. Raphaël se soumit à l'usage, en pensant qu'il pourrait se glisser dans un couloir d'où il entendrait facilement les discussions médicales auxquelles les trois professeurs allaient se livrer.

— Messieurs, dit Brisset en entrant, permettez-moi de vous donner promptement mon avis. Je ne veux ni vous l'imposer, ni le voir controversé : d'abord, parce qu'il est net, précis, et résulte d'une similitude complète entre un de mes malades et le sujet que nous avons été appelés à examiner ; puis, je suis attendu à mon hospice. L'importance du fait qui y réclame ma présence, m'excusera de prendre, le premier, la parole. — *Le sujet* qui nous occupe est également fatigué par des travaux intellectuels.

— Qu'a-t-il donc fait, Prosper ?... dit-il en s'adressant au jeune médecin.

— Une théorie de la volonté...

— Ah ! diable !... Mais c'est un vaste sujet...

Puis il reprit. — Il est fatigué, dis-je, par des excès de pensée, par des écarts de régime et par l'emploi répété de stimulans trop énergiques. L'action violente du corps et du cerveau a donc vicié le jeu de tout l'organisme.

Il est facile, Messieurs, de reconnaître, dans les symptômes de la face et du corps, une irritation prodigieuse à l'estomac, la névrose du grand sympathique, la vive sensibilité de

l'épigastre, et le resserrement des hypocon-
dres. Vous avez remarqué la grosseur et la
saillie du foie. Enfin M. Prosper a constamment observé les digestions de son malade.
Il nous a dit qu'elles étaient difficiles, laborieuses...

A proprement parler, il n'existe plus d'estomac. Donc, l'homme a disparu. L'intellect est
atrophié parce que l'homme ne digère plus.
L'épigastre est le centre de la vie. Or, son altération progressive a vicié tout le système.

De là partent des irradiations constantes et
flagrantes. Le désordre a gagné le cerveau
par les plexus nerveux; d'où, l'irritation ex-
cessive de cet organe... Il y a monomanie. Le
malade est sous le poids d'une idée fixe.

Pour lui, cette peau de chagrin se rétrécit
réellement. Peut-être a-t-elle toujours été
comme nous l'avons vue; mais, qu'il se con-
tracte ou non, ce *chagrin* est pour lui la

mouche que certain grand visir avait sur le nez...

Mettez promptement des sangsues à l'épigastre; calmez l'irritation de cet organe où l'homme tout entier réside; tenez le malade au régime; la monomanie cessera.

Je n'en dirai pas davantage au docteur Prosper, il doit saisir l'ensemble et les détails du traitement. Peut-être y a-t-il complication de maladie, et les voies respiratoires sont-elles également irritées; mais je crois le traitement de l'appareil intestinal beaucoup plus important, plus nécessaire, plus urgent que celui des poumons. L'étude tenace des matières abstraites et des passions violentes ont produit de graves perturbations dans ce mécanisme vital; cependant il est temps encore d'en redresser les ressorts; rien n'y est trop fortement adultéré.

Vous pouvez donc facilement sauver votre ami... dit-il à Prosper.

— Notre savant collègue prend l'effet pour la cause!... répondit Caméristus. Oui, les altérations, si bien observées par lui, existent chez le malade; mais l'estomac n'a pas graduellement établi des irradiations dans l'organisme et vers le cerveau, comme une fêlure étend autour d'elle de capricieux rayons dans une vitre. Il a fallu un coup pour trouer le vitrail? Et ce coup, qui l'a porté?... Le savons-nous? Avons-nous suffisamment observé le malade? Connaissons-nous tous les accidens de sa vie?...

Messieurs, le principe vital, l'*archée* de Van-Helmont est atteint en lui; la vitalité même est attaquée, dans son essence. L'étincelle divine, l'intelligence transitoire qui sert comme de lien à la machine, et qui produit la volonté, la science de la vie, a cessé de régulariser les phénomènes journaliers du mécanisme, et les fonctions de chaque organe.

Alors, de là proviennent les désordres si

bien appréciés par mon docte confrère... Le mouvement n'est pas venu de l'épigastre au cerveau, mais du cerveau vers l'épigastre.

Non, dit-il en se frappant avec force la poitrine, non, je ne suis pas un estomac fait homme !... Non, tout n'est pas là !... Je ne me sens pas le courage de dire que, si j'ai un bon épigastre, le reste est de forme...

Nous ne pouvons pas, reprit-il plus doucement, soumettre à une même cause physique et à un traitement uniforme les troubles graves qui surviennent chez lesdifférens sujets plus ou moins sérieusement atteints. Aucun homme ne se ressemble. Nous avons tous des organes particuliers, diversement affectés, diversement nourris, propres à remplir des missions différentes, et à développer des thèmes nécessaires à l'accomplissement d'un ordre de choses qui nous est inconnu. La portion du grand tout, qui, par une haute volonté, vient opérer, entretenir en nous le

phénomène de l'animation, se formule d'une
manière distincte dans chaque homme, et
fait de lui un être en apparence fini, mais
qui, par un point, coexiste à une cause infinie... Aussi, devons-nous étudier chaque sujet séparément, le pénétrer... reconnaître
en quoi consiste sa vie, quelle en est la puissance...

Depuis la mollesse d'une éponge mouillée
jusqu'à la dureté d'une pierre ponce, il y a
des nuances infinies. Voilà l'homme. Entre les
organisations spongieuses des lymphatiques
et la vigueur métallique des muscles de quelques hommes destinés à une longue vie, que
d'erreurs ne commettra pas le système unique, implacable, de la guérison par l'abatte-
ment, par la prostration des forces humaines
que vous supposez toujours irritées !...

Ici donc, je voudrais un traitement tout
moral, un examen approfondi de l'être intime.
Allons chercher la cause du mal dans les en-

trailles de l'âme et non dans les entrailles du
corps! Un médecin est un être inspiré, doué
d'un génie particulier, à qui Dieu concède le
pouvoir de lire dans la vitalité, comme il
donne aux prophètes des yeux pour contempler l'avenir; au poëte, la faculté d'évoquer
la nature; au musicien, celle d'arranger les
sons dans un ordre harmonieux, dont le type
est en haut, peut-être!...

— C'est de la médecine absolutiste, mo-
narchique et religieuse!... dit Brisset en murmurant.

— Messieurs, reprit promptement Maugredie, en couvrant avec promptitude l'exclamation de Brisset, ne perdons pas de vue le
malade...

— Voilà donc où en est la science!... s'écria
tristement Raphaël. — Ma guérison flotte entre un rosaire et un chapelet de sangsues,
entre le bistouri de Dupuytren et la prière du
prince de Hohenlohe!... Et sur la ligne qui

sépare le fait, de la parole, la matière, de l'esprit, Maugredie est là, doutant. Le *oui* et *non* humain me poursuit partout! Toujours le *Carymary*, *Carymara* de Rabelais : je suis spirituellement malade, carymary; ou matériellement malade, carymara. Dois-je vivre? Ils l'ignorent. Au moins Planchette était-il plus franc, en me disant : — Je ne sais pas.

En ce moment, Valentin entendit la voix du docteur Maugredie.

— Le malade est monomane! Eh bien, d'accord ! s'écria-t-il. Mais il a deux cent mille livres de rente; ces monomanes-là sont fort rares et nous leur devons au moins un avis. Quant à savoir si son épigastre a réagi sur le cerveau ou son cerveau sur l'épigastre, nous pourrons peut-être vérifier le fait, quand il sera mort. Résumons-nous donc. Il est malade; le fait est incontestable. Or, il lui faut un traitement quelconque. Laissons les

doctrines. Mettons-lui des sangsues pour cal-
mer l'irritation intestinale et la névrose sur
l'existence desquelles nous sommes d'accord;
puis, envoyons-le aux Eaux. Nous agirons à
la fois d'après les deux systèmes. S'il est pulmonique, nous ne pouvons guère le sauver,
ainsi...

Raphaël quitta promptement le couloir et
vint se remettre dans son fauteuil. Bientôt en
effet les quatre médecins sortirent du cabinet; et Prosper, portant la parole, lui dit:

— Ces Messieurs ont unanimement reconnu
la nécessité d'une application immédiate de
sangsues à l'estomac, et l'urgence d'un traitement à la fois physique et moral.

D'abord un régime diététique afin de cal-
mer l'irritation de votre organisme...

Ici Brisset fit un signe d'approbation.

— Puis, un régime hygiénique pour réagir
sur votre moral. Ainsi nous vous conseillons
unanimement d'aller aux eaux d'Aix, en Sa-

voie, ou du Mont-d'Or, en Auvergne, si vous
les préférez ; mais l'air et les sites de la Savoie
sont plus agréables que ceux du Cantal. Enfin, vous obéirez à votre fantaisie et suivrez
votre goût.

Là, le docteur Caméristus laissa échapper
un geste d'assentiment.

— Ces Messieurs, reprit Prosper, ayant
reconnu de légères altérations dans l'appareil respiratoire, sont tombés d'accord sur
l'utilité de mes prescriptions antérieures. Ils
pensent que votre guérison est facile et dé-
pendra de l'emploi sagement alternatif de ces
divers moyens... Et...

— Et voilà pourquoi votre fille est muette !..
dit Raphaël en souriant et en attirant Prosper
dans son cabinet pour lui remettre le prix de
cette inutile consultation.

— Ils sont logiques ! lui répondit Prosper.
Caméristus sent, Brisset examine, Maugredie
doute. L'homme n'a-t-il pas une âme, un

corps et une raison ? L'une de ces trois causes premières agit en nous d'une manière plus ou moins forte, et il y aura toujours de l'homme dans la science humaine. Crois-moi, Raphaël. Nous ne guérissons pas : nous aidons à guérir ou à mourir. Entre la médecine de Brisset et celle de Caméristus, se trouve encore la médecine expectante ; mais pour pratiquer celle-ci avec succès, il faudrait connaître son malade depuis dix ans. Il y a au fond de la médecine une négation comme dans toutes les sciences... Tâche donc de vivre sagement, et essaie d'un voyage en Savoie ; car le mieux est et sera toujours de se confier à la nature.

Raphaël partit pour les eaux d'Aix.

XLVII.

Au retour de la promenade et par une belle soirée de printemps, toutes les personnes venues aux eaux d'Aix se trouvèrent réunies dans les salons du Cercle.

Assis près d'une fenêtre et tournant le dos à l'assemblée, Raphaël resta long-temps seul, plongé dans une de ces rêveries machinales,

durant lesquelles nos pensées naissent, s'enchaînent et s'évanouissent sans revêtir de
formes, passant en nous comme de légers
nuages à peines colorés. Alors la tristesse est
douce, la joie vaporeuse, et l'âme presque
endormie.

Se laissant délicieusement aller à cette vie
sensuelle, s'abandonnant à l'air pur et parfumé
des montagnes, Valentin se baignait dans la
tiède atmosphère du soir, heureux de ne sentir
aucune douleur et d'avoir enfin réduit au
silence sa menaçante Peau de chagrin.

Au moment où les teintes rouges du cou-
chant s'éteignirent sur les cîmes, la température fraîchit : alors, il quitta sa place en
poussant la fenêtre.

— Monsieur, lui dit une vieille dame, au-
riez-vous la complaisance de ne pas fermer la
croisée ? Nous étouffons.

Cette phrase déchira le tympan de Raphaël
par des dissonnances d'une aigreur singulière.

Elle fut comme le mot que lâche imprudem-
ment un homme à l'amitié duquel nous vou-
lions croire et qui détruit quelque douce illusion de sentiment en trahissant un abîme d'é-
goïsme.

Le marquis jeta sur la vieille femme le froid
regard d'un diplomate impassible; puis,
appelant un valet, il lui dit sèchement quand
il arriva :

— Ouvrez cette fenêtre?...

A ces mots, une surprise insolite éclata sur
tous les visages. L'assemblée entière se mit à
chuchoter. Chacun regarda Raphaël d'un air
plus ou moins expressif, comme s'il eût com-
mis quelque grave impertinence; et, n'ayant
pas encore dépouillé sa primitive timidité de
jeune homme, il se trouva moralement dans
une situation assez semblable à celle où nous
sommes, quand, par un caprice de cauchemar,
nous nous voyons tout nus au milieu de quelque fête somptueuse. Mais secouant sa torpeur,

il reprit bientôt son énergie et se demanda compte à lui-même de cette scène étrange.

Soudain un rapide mouvement anima son cerveau. Le passé lui apparut dans une vision distincte où les causes du sentiment qu'il inspirait saillirent en relief comme les veines d'un cadavre dont, par quelque savante injection, les naturalistes colorent les moindres ramifications.

Il se reconnut lui-même dans ce tableau fugitif, y suivit son existence, jour par jour, pensée à pensée. Il se voyait, non sans surprise, sombre, pensif, distrait au sein de ce monde rieur; toujours songeant à sa destinée, préoccupé de son mal; paraissant dédaigner la causerie la plus insignifiante; fuyant ces intimités éphémères qui s'établissent promptement entre les voyageurs parce qu'ils comptent sans doute ne plus se rencontrer; bref, peu soucieux des autres et semblable enfin à ces rochers insensibles aux caresses comme à la furie des vagues bruyantes.

Puis, par un rare privilége d'intuition, il lut dans toutes les âmes.

En apercevant sous la lueur d'un flambeau le crâne jaune, le profil sardonique d'un vieillard, il se rappela de lui avoir gagné son argent sans lui avoir proposé de prendre sa revanche; plus loin, il reconnut une jolie femme dont il avait froidement reçu les agaceries; enfin, chaque visage lui reprochait un de ces torts inexplicables en apparence, mais dont le crime gît toujours dans une invisible blessure faite à l'amour-propre. Il avait involontairement froissé toutes les petites vanités qui gravitaient autour de lui. Les convives de ses fêtes, ou ceux auxquels il avait offert ses chevaux, s'étaient irrités de son luxe: surpris de leur ingratitude, il leur avait épargné ces espèces d'humiliations; dès lors, ils se croyaient méprisés, et l'accusaient d'aristocratie.

En sondant ainsi les cœurs, il les vit à la loupe, en déchiffra les pensées les plus secrètes, et eut horreur de la société, de sa politesse, de son vernis. Riche et d'un esprit supérieur, il était envié, haï; son silence trompait la curiosité; sa modestie semblait de la hauteur à ces gens mesquins et superficiels. Puis, il devina le crime latent, irrémissible dont il était coupable envers eux : il échappait à la juridiction de leur médiocrité. Rebelle à leur despotisme inquisiteur, il savait se passer d'eux. Alors, voulant se venger de cette royauté clandestine, ils s'étaient instinctivement ligués pour lui faire sentir leur pouvoir, le soumettre à quelque ostracisme et lui apprendre, qu'eux aussi, pouvaient se passer de lui.

Pris de pitié d'abord à cette vue du monde, il frémit bientôt en pensant à la souple puissance qui lui soulevait ainsi le voile de chair sous lequel est ensevelie la nature morale, et ferma les yeux, comme pour ne plus rien voir. Alors, tout à coup, un rideau noir fut tiré sur cette sinistre fantasmagorie de vérité; mais il se trouva dans l'horrible isolement qui attend les Puissances et les Dominations. La société ne daignait même plus se grimer pour lui, parce qu'il la devinait peut-être !

En ce moment, il eut un violent accès de toux. Loin de recueillir une seule de ces paroles indifférentes en apparence, mais qui du moins simulent une espèce de compassion polie chez les personnes de bonne compagnie rassemblées par le hasard, il entendit des interjections hostiles et des plaintes murmurées à voix basse.

— Sa maladie est contagieuse.

— Le président du Cercle devrait lui interdire l'entrée du salon.

— En bonne police, il est vraiment défendu de tousser ainsi.

— Quand un homme est aussi malade, il ne doit pas venir aux Eaux !...

— Il me chassera d'ici !...

Raphaël se leva pour se dérober à la malédiction générale, et se promena dans l'appartement. Puis, afin de trouver une protection, il revint près d'une jeune femme inoccupée, à laquelle il médita d'adresser quelques flatteries, mais, quand il s'en approcha, elle lui tourna le dos et feignit de regarder les danseurs.

Raphaël craignit d'avoir déjà, pendant cette soirée, usé de son talisman. Il ne se sentit ni la volonté ni le courage d'entamer la conversation, quitta le salon, et se réfugia dans la salle de billard. Là, personne ne lui parla, ne le salua, ne lui jeta le plus léger regard de bienveillance.

Alors, son esprit naturellement méditatif lui révéla, par une intus-susception, la cause générale et rationnelle de l'aversion qu'il avait exercée. Ce petit monde obéissait, sans le savoir peut-être, à la grande loi qui régit la haute société dont Raphaël acheva de comprendre la morale implacable. Un regard rétrograde lui en montra le type complet en Fœdora. Il ne devait pas rencontrer plus de sympathie pour ses maux chez celle-ci, que, pour ses misères de cœur, chez celle-là.

Le beau monde bannit de son sein les malheureux, comme un homme de santé vigoureuse expulse de son corps un principe morbifique. Ce monde abhorre les douleurs et les infortunes; il les redoute à l'égal des contagions, et n'hésite jamais entre elles et les vices : le vice est un luxe. Quelque majestueux que soit un malheur, la société sait l'amoindrir, le ridiculiser par une épigramme. Elle dessine des caricatures pour jeter à la tête des rois déchus les affronts qu'elle en recevait naguère; et, semblable aux jeunes Romaines du Cirque, elle ne fait jamais grâce au gladiateur qui tombe. Elle vit d'or et de moqrerie. *Mort aux faibles!*... est le vœu de cette espèce d'Ordre Équestre, institué chez toutes les nations de la terre; car il y a, partout des riches, et cette sentence est écrite au fond de tous les cœurs pétris dans l'opulence ou l'aristocratie.

Rassemblez-vous des enfans dans un collége? Cette image en raccourci de la société, mais image d'autant plus vraie qu'elle est plus naïve et plus franche, vous offre toujours de pauvres ilotes, créature de souffrance et de douleur, incessamment placée entre le mépris et la pitié. L'Évangile leur promet le ciel.

Descendez-vous plus bas sur l'échelle des êtres organisés? Si quelque volatile est endolori parmi ceux d'une basse-cour, les autres le poursuivent à coups de bec, le plument, l'assassinent.

Fidèle à cette charte de l'égoïsme, le monde prodigue ses rigueurs aux misères assez har-

dies pour venir affronter ses fêtes, pour chagriner ses plaisirs. Quiconque souffre de
corps ou d'âme, manque d'argent ou de pouvoir, est un Paria parqué dans un désert dont
il lui est défendu de franchir les limites; sinon, partout, il trouvera l'hiver sous ses pas :
froideur de regards, froideur de manières,
de paroles, de cœur ; heureux, s'il ne récolte
pas l'insulte, là, où, pour lui, devait éclore
une consolation. Aussi, mourans, restez
sur vos lits désertés ! Vieillards, soyez seuls
à vos froids foyers ! Pauvres filles sans dot,
gelez et brûlez dans vos greniers solitaires !

Si le monde tolère un malheur, c'est pour
le façonner à son usage, en tirer profit, le
bâter, lui mettre un mors, une housse, le
monter, en faire une joie.

Quinteuses demoiselles de compagnie,
composez-vous de gais visages; endurez les
vapeurs de votre prétendue bienfaitrice; por-
tez ses chiens ; et, rivales de ses griffons an-

glais, amusez-la, devinez-la; puis taisez-vous !

Et toi, roi des valets sans livrée, parasite effronté, laisse ton caractère à la maison: digère comme digère ton amphitryon, pleure de ses pleurs, ris de son rire, tiens ses épi-grammes pour agréables; et, si tu veux en médire, attends sa chute.

Ainsi le monde, honore-t-il le malheur : il le tue, ou le chasse; l'avilit, ou le châtre.

Ces réflexions sourdirent au cœur de Raphaël avec la promptitude d'une inspiration poétique; puis, regardant autour de lui, soudain, il sentit ce froid sinistre que la société distille pour éloigner les misères, et qui saisit l'âme encore plus vivement que la bise de décembre ne glace le corps.

Raphaël se croisa les bras sur la poitrine, s'appuya le dos à la muraille, et tomba dans une mélancolie profonde. Il songeait au peu de bonheur recueilli par le monde, pour prix

de cette épouvantable police. Qu'était-ce ? Des
amusemens sans plaisir, de la gaieté sans joie,
des fêtes sans jouissance, du délire sans volupté, enfin, tout le bois on toutes les cendres
d'un foyer, mais sans une étincelle de flamme.

Quand il releva la tête, il se vit seul, les
joueurs avaient fui. Alors quelques larmes
s'échappèrent de ses yeux.

— Pour leur faire adorer ma toux, il me
suffirait de leur révéler mon pouvoir ! se
dit-il.

A cette pensée, il jeta le mépris comme un
manteau entre le monde et lui.

Le lendemain, le médecin des eaux vint le
voir d'un air affectueux et s'inquiéta de sa
santé. Raphaël éprouva un mouvement de
joie en entendant les paroles amies qui lui furent adressées. Il trouva la physionomie du
docteur empreinte de douceur et de bonté.
Les boucles de sa perruque blonde respiraient
la philanthropie. La coupe de son habit carré,

les plis de son pantalon, ses souliers larges comme ceux d'un *quaker*, tout, jusqu'à la poudre circulairement semée par sa petite queue sur son dos légèrement voûté, trahissait un caractère apostolique, exprimait la charité chrétienne et le dévouement d'un homme qui, par zèle pour ses malades, s'était astreint à jouer admirablement bien le wisht et le tric-trac.

— Monsieur le marquis, dit-il après avoir causé long-temps avec Raphaël, je vais sans doute dissiper votre tristesse. Maintenant, je connais assez votre constitution pour affirmer que les médecins de Paris, dont je ne conteste certes pas les grands talens, se sont complètement trompés sur la nature de votre maladie. A moins d'accident, M. le marquis, vous pouvez vivre la vie de Mathusalem. Vos poumons sont aussi forts que des soufflets de forge, et votre estomac ferait honte à celui d'une autruche; *ma*, si vous restez dans une

température élevée , vous risquez d'être très-
proprement et promptement en terre sainte.
M. le marquis va me comprendre en deux
mots.

La chimie a démontré que la respiration
constitue chez l'homme une véritable combustion dont le plus ou moins d'intensité dépend
de l'afflueuce ou de la rareté des principes
phlogistiques amassés par l'organisme particulier à chaque individu. Or, chez vous, le
phlogistique abonde. Vous êtes, s'il m'est
permis de m'exprimer ainsi , sur-oxigéné par
la complexion ardente de tous les hommes
destinés aux grandes passions. En respirant
l'air vif et pur, qui accélère la vie chez les
hommes à fibre molle , vous aidez encore à
une combustion déjà trop rapide. Donc, une
des conditions de votre existence est l'atmosphère épaisse des étables, des vallées. Oui,
l'air vital de l'homme que dévore le génie est
dans les gras pâturages de l'Allemagne, à Baden-

Baden, à Tœplitz. Si vous n'avez pas horreur de l'Angleterre, sa sphère brumeuse calmera votre incandescence; mais, nos eaux, situées à mille pieds au-dessus du niveau de la Méditerranée, vous sont funestes.

— Tel est mon avis, dit-il en laissant échapper un geste de modestie; et, je le donne contre nos intérêts, puisque, si vous le suivez, nous aurons le malheur de vous perdre...

Sans ces derniers mots, Raphaël eût été séduit peut-être par la fausse bonhomie du mielleux médecin; mais il était trop profond observateur pour ne pas deviner à l'accent, au geste et au regard dont cette phrase doucement railleuse fut accompagnée, la mission dont le petit homme avait sans doute été chargé par l'assemblée de ses joyeux malades.

Donc, tous ces oisifs au teint fleuri, ces vieilles femmes ennuyées, ces Anglais nomades, ces petites maîtresses échappées à leurs maris et conduites aux eaux par leurs amans,

entreprenaient d'en chasser un pauvre moribond débile, chétif, en apparence incapable
de résister à une persécution journalière.

Raphaël accepta le combat en voyant un
amusement dans cette intrigue ; et , alors , il
répondit au docteur :

— Puisque vous seriez désolé de mon dé-
part , je vais essayer de mettre à profit votre
bon conseil tout en restant ici. Dès demain ,
j'y ferai construire une maison où nous con-
denserons l'air suivant votre ordonnance.

Interprétant le sourire amèrement goguenard qui vint errer sur les lèvres de Raphaël,
le médecin se contenta de le saluer, ne trouvant rien à lui répliquer.

XLVIII.

Le lac du Bourget est une vaste coupe de montagnes, toute ébréchée, où brille, à sept ou huit cents pieds au-dessus de la Méditerranée, une goutte d'eau, bleue comme ne l'est aucune eau dans le monde. Vu du haut de la Dandu-Chat, ce lac est là comme une turquoise égarée. Cette jolie goutte d'eau a neuf lieues de contours, et, dans certains endroits, près de cinq cents pieds de profondeur. Être là, au milieu d'une nappe de saphir, par un beau ciel; ne voir à l'horizon que des montagnes capricieuses, n'entendre que le bruit des rames; admirer les neiges étincelantes de la Morienne française; passer tour à tour les blocs de granits vêtus de velours, par des fougères, par des arbustes nains à des collines riantes; d'un côté le désert, de l'autre une riche nature; un pauvre assistant au dîner d'un riche; c'est un spectacle où tout est grand, où tout est petit. L'aspect des montagnes change les conditions de l'optique et de la perspective : un sapin de cent pieds vous semble un roseau, et il y a de larges vallées qui vous apparaissent étroites autant que des sentiers... Ce lac est le seul où l'on puisse faire une confidence de cœur à cœur. On y pense et on y aime. En aucun endroit, vous ne rencontrerez une plus belle entente entre l'eau, le ciel, les montagnes et la terre. Il y a des harmonies

pour toutes lecriss es de la vie. Ce lieu garde le
secret des douleurs, il les console, les amoin-
drit, et jette dans l'amour je ne sais quoi de
grave et de recueilli qui rend la passion plus
profonde, plus pure. Un baiser s'y agrandit.
Mais c'est sur tout le lac des souvenirs : il les
favorise, il leur donne la teinte de ses ondes,
miroir où tout vient se refléchir par la toute
puissance de notre imagination. Raphaël ne
supportait la vie qu'au milieu de ce beau paysage, et pouvait là, seulement rester indolent,
songeur, mais sans désirs.

Après la visite du docteur, il alla faire sa
promenade habituelle et se fit débarquer à la
pointe déserte d'une jolie colline, sur laquelle
est situé le village de Saint-Innocent. Là, le
lac est bordé par une montagne impraticable ;
et, de ce promontoire la vue embrasse les
monts du Bugey aux pieds desquels coule le
Rhône. Mais Raphaël était venu là pour contempler son point de vue favori, l'abbaye mé-

lancolique de Haute-Combe, sépulture des rois
de Sardaigne, prosternés là, devant les montagnes, à l'autre bord du lac, comme des pè-
lerins arrivés au terme de leur voyage.

Tout à coup un frissonnement égal et ca-
dencé de rames, qui longeaient la colline,
troubla le silence de ce paysage, lui donnant
une voix monotone, semblable aux psalmo-
dies des moines.

Étonné de rencontrer des promeneurs dans
cette partie du lac, ordinairement solitaire,
le marquis examina, sans sortir de sa rêverie,
les personnes assises dans la barque. Il y reconnut, à l'arrière, la vieille dame qui l'avait
si durement interpellé la veille. Quand le bateau passa devant Raphaël, une seule personne
le salua ; ce fut la demoiselle de compagnie de
cette dame, pauvre fille noble qu'il sembla
voir pour la première fois.

Déjà, depuis quelques instants, il avait oublié les promeneurs, promptement disparus

derrière le promontoire, lorsqu'il entendit près de lui le frôlement d'une robe et le bruit de petits pas légers. Il fut assez surpris d'apercevoir, en se retournant, la demoiselle de compagnie ; et, devinant à son air contraint qu'elle voulait lui parler, il s'avança vers elle.

Agée d'environ trente-six ans, grande et mince, sèche et froide, elle était, comme toutes les vieilles filles, assez embarrassée de son regard, qui ne s'accordait plus avec une démarche indécise, gênée, sans élasticité. Tout à la fois vieille et jeune, elle exprimait par une certaine dignité de maintien le haut prix qu'elle attachait à ses trésors et perfections. Du reste, elle avait les gestes discrets et monastiques des femmes habituées à s'aimer elles-mêmes, sans doute pour ne pas faillir à leur destinée d'amour.

— Monsieur, dit-elle à Raphaël, votre vie est en danger... Ne venez plus au Cercle...

Puis, elle fit quelques pas en arrière,

comme si déjà sa vertu se trouvait compromise.

— Mais, mademoiselle, répondit Valentin en souriant, de grâce expliquez-vous plus clairement, puisque vous avez daigné venir jusqu'ici...

— Ah! reprit-elle, sans le puissant motif qui m'amène, je n'aurais pas risqué d'encourir la disgrâce de madame la comtesse. Et si elle savait jamais que je vous ai prévenu...

— Et qui le lui dirait, mademoiselle? s'écria Raphaël.

— C'est vrai! répondit la vieille en lui jetant le regard tremblotant d'un chouette mise au soleil. Mais pensons à vous, reprit-elle. Plusieurs jeunes gens se sont promis de vous provoquer, de vous forcer à vous battre en duel. — Ils veulent vous chasser des Eaux... Ainsi...

La voix de la vieille dame retentit dans le lointain.

— Mademoiselle, dit le marquis, ma recon-
naissance...

Mais elle s'était déjà sauvée en entendant
la voix de sa maîtresse qui, derechef, glapis-
sait dans les rochers.

— Pauvre fille! Les misères s'entendent
et se secourent toujours, pensa Raphaël, en
s'asseyant au pied de son arbre.

La clef de toutes les sciences est, sans
contredit, le point d'interrogation. Nous devons la plupart des grandes découvertes au :
Comment? Et la sagesse dans la vie consiste
peut-être à se demander à tout propos :
Pourquoi? Mais aussi cette factice prescience
détruit nos illusions. Ainsi, Valentin, ayant
pris, sans préméditation de philosophie, la
bonne action de la vieille fille pour texte de
ses pensées vagabondes, la trouva pleine de
fiel.

— Que je sois aimé d'une demoiselle de
compagnie, se dit-il, il n'y a rien là d'extra-

ordinaire : j'ai vingt-sept ans, un titre et deux
cent mille livres de rente! Mais que sa maîtresse, qui dispute aux chattes la palme de
l'hydrophobie, l'ait menée en bateau, près
de moi., n'est-ce pas chose étrange et merveilleuse? Ces deux femmes, venues en Savoie pour y dormir comme des marmottes,
et qui demandent à midi s'il est jour, se seraient levées avant huit heures aujourd'hui,
pour faire du hasard en se mettant à ma pour-
suite... Tarare!...

Bientôt cette vieille fille et son ingénuité
quadragénaire fut, à ses yeux, une nouvelle
transformation de ce monde artificieux et ta-
quin, une ruse mesquine, un complot mala-
droit, une pointillerie de prêtre ou de
femme.

Le duel était-il une fable? Ou voulait-on
seulement lui faire peur ?

Insolentes et tracassières comme des mouches, ces âmes étroites avaient réussi à piquer

sa vanité, à réveiller son orgueil, à exciter sa curiosité.

Ne voulant ni devenir leur dupe ni passer pour un lâche, et amusé peut-être par ce petit drame, il vint au Cercle le soir même.

Se tenant debout, accoudé sur le marbre de la cheminée, il resta tranquille au milieu du salon principal, s'étudiant à ne donner aucune prise sur lui, mais examinant les visages, et défiant en quelque sorte l'assemblée par sa circonspection. Il était comme un dogue sûr de sa force, attendant le combat chez lui, sans aboyer inutilement.

Vers la fin de la soirée, il se promena dans le salon de jeu; et, allant de la porte d'entrée à celle du billard, il jetait de temps à autre un coup d'œil aux jeunes gens qui y faisaient une partie.

Après quelques tours, il s'entendit nommer par eux; et, quoiqu'ils parlassent à voix basse au moment où ils arrivaient près de la salle,

Raphaël devina facilement qu'il était devenu
l'objet d'un débat. Enfin il finit par saisir
quelques phrases dites à haute voix :

— Toi !...

— Oui, moi !..-

— Je t'en défie !...

— Parions ?...

— Oh ! il ira.

Au moment où Valentin, curieux de connaître le sujet du pari, s'arrêta pour écouter
attentivement la conversation, un jeune homme, grand et fort, de bonne mine, mais ayant
le regard fixe et impertinent des gens appuyés
sur quelques pouvoirs matériels, sortit du
billard, et s'adressant à lui :

— Monsieur, dit-il d'un ton calme, je me
suis chargé de vous apprendre une chose que
vous semblez ignorer. Votre figure et votre
personne déplaisent ici à tout le monde et
à moi en particulier. Vous êtes trop poli
pour ne pas vous sacrifier au bien général,

et je vous prie de ne plus vous présenter au Cercle.

— Cette plaisanterie, répondit froidement Raphaël, déjà faite sous l'Empire dans plusieurs garnisons, est devenue aujourd'hui, Monsieur, de fort mauvais ton.

— Je ne plaisante pas, reprit le jeune homme, et, je vous le répète : votre santé souffrirait beaucoup de votre séjour ici. La chaleur, les lumières, l'air du salon, la compagnie nuisent à votre maladie...

— Où avez-vous étudié la médecine ? demanda Raphaël.

— Monsieur, j'ai été reçu bachelier au tir de Lepage à Paris, et licencié chez Lozès, le roi du fleuret.

— Il vous reste un dernier grade à prendre, répliqua Valentin. Lisez le Code de la politesse, vous serez un parfait gentilhomme..

En ce moment les jeunes gens, souriant ou silencieux, sortirent du billard ; et les autres joueurs, devenus attentifs, quittèrent leurs cartes pour écouter une querelle qui réjouis-sait toutes leurs passions.

Seul au milieu de ce monde ennemi, Raphaël tâcha de conserver son sang-froid et de ne pas se donner le moindre tort; mais son antagoniste s'étant permis un sarcasme où l'outrage s'enveloppait dans une forme éminemment incisive et spirituelle, il lui répondit gravement :

— Monsieur, il n'est plus permis aujourd'hui de donner un soufflet à un homme; mais je ne sais de quel mot nommer et flétrir une conduite aussi lâche que l'est la vôtre...

— Assez !... assez !... vous vous expliquerez demain... dirent plusieurs voix confuses.

Et quelques jeunes gens se jetèrent entre les deux champions.

Raphaël sortit du salon passant pour l'offenseur, ayant accepté un rendez-vous près du château de Bordeau, dans une petite prairie en pente, non loin d'une route nouvellement percée et qui permettait, au vainqueur, d'aller à Lyon. Quelque fût l'issue de ce duel, Raphaël, devant nécessairement quitter les eaux d'Aix, la société triomphait.

Le lendemain, sur les huit heures du matin, l'adversaire de Raphaël, suivi de deux témoins et d'un chirurgien, arriva le premier sur le terrain.

— Nous serons très-bien ici! s'écria-t-il gaîment. Il fait un temps superbe pour se battre...

Et il regarda la voûte bleue du ciel, les eaux du lac, les rochers sans la moindre arrière-pensée de doute et de deuil.

— Si je le touche à l'épaule, dit-il en continuant, le mettrai-je bien au lit pour un mois? Hein, docteur?

—Au moins, répondit le chirurgien. Mais laissez ce petit saule tranquille; autrement, vous vous fatigueriez la main, et ne seriez

plus maître de votre coup. Vous pourriez
tuer votre homme au lieu de le blesser.

Le bruit d'une voiture se fit entendre.

— Le voici, dirent les témoins.

Et bientôt ils aperçurent dans la route une
calèche de voyage attelée de quatre chevaux
et menée par deux postillons.

— Quel singulier genre ! s'écria l'adversaire de Valentin. Il vient se faire tuer en
poste.

A un duel comme au jeu, les plus légers
incidens influent sur l'imagination des acteurs
fortement intéressés au succès d'une partie.
Aussi le jeune homme attendit-il avec une
sorte d'inquiétude l'arrivée de cette voiture
qui resta sur la route.

Le vieux Jonathas en descendit lourde-
ment le premier pour aider Raphaël à sortir,
et il le soutint de ses bras débiles, en ayant
pour lui les soins minutieux qu'un amant prodigue à sa maîtresse. Puis, tous deux se per-

dirent dans les sentiers qui séparaient la grande route de l'endroit désigné pour le combat, et ne reparurent que long-temps après. Ils allaient lentement. Aussi, les quatre spectateurs de cette scène singulière éprouvèrent-ils une émotion profonde à l'aspect de Valentin appuyé sur le bras de son serviteur. Pâle et défait, il marchait en goutteux, baissait la tête et ne disait mot. C'étaient deux vieillards également détruits, l'un par le temps, l'autre par la pensée : le premier avait son âge écrit sur ses cheveux blancs, le jeune n'avait plus d'âge.

— Monsieur, je n'ai pas dormi !... dit Raphaël à son adversaire.

Cette parole glaciale et le regard terrible dont elle fut accompagnée firent tressaillir le véritable provocateur. Il eut la conscience de son tort et une honte secrète de sa conduite. Il y avait dans l'attitude, dans le son de voix

et le geste de Raphaël quelque chose d'é-
trange.

Le marquis fit une pause, et chacun imita
son silence. L'inquiétude et l'attention étaient
au comble.

—Il est encore temps, reprit-il, de me
donner une légère satisfaction, mais donnez-
la-moi, Monsieur, ou sinon, vous allez mourir. Vous comptez encore en ce moment sur
votre habileté, sans reculer à l'idée d'un
combat où vous croyez avoir tout l'avantage...
Eh bien! Monsieur, je suis généreux, je vous
préviens de ma supériorité. Je possède une terrible puissance. Pour anéantir votre adresse,
pour voiler vos regards, faire trembler vos
mains et palpiter votre cœur, pour vous tuer
même il me suffit de le désirer. Et je ne veux
pas être obligé d'exercer mon pouvoir, il
me coûte trop cher d'en user. Si donc vous
vous refusez à me présenter des excuses,
votre balle ira dans l'eau de cette cascade,

malgré votre habitude de l'assassinat; et la
mienne, droit à votre cœur sans que j'y
vise.

En ce moment des voix confuses interrom-
pirent Raphaël. En prononçant ces paroles,
il avait constamment dirigé sur son adversaire
l'insupportable clarté de son regard fixe; puis,
il s'était redressé, montrant un visage impassible, implacable, semblable à celui d'un fou
froidement méchant.

—Fais-le taire, avait dit le jeune homme
à son témoin; sa voix me tord les entrailles...

— Monsieur, cessez. Vos discours sont
inutiles, crièrent à Raphaël le chirurgien et
les témoins.

— Messieurs, je remplis un devoir.... Ce
jeune homme a-t-il des dispositions à prendre ?.....

— Assez... assez...

Alors le marquis resta debout, immobile,
sans perdre un instant de vue son adversaire;

et, celui-ci, dominé par une puissance presque magique, était, comme un oiseau devant un serpent, contraint de subir ce regard homicide : il le fuyait, il y revenait sans cesse.

— Donne-moi de l'eau, j'ai soif, dit-il à son témoin.

— As-tu peur ?

— Oui, répondit-il. L'œil de cet homme est brûlant et me fascine.

— Veux-tu lui faire des excuses ?

— Il n'est plus temps.

Les deux adversaires furent placés à dix pas l'un de l'autre. Ils avaient chacun, près d'eux, une paire de pistolets, et devaient tirer deux coups à volonté, mais après le signal donné par les témoins. Tel était le programme de cette cérémonie.

— Que fais-tu, Charles, cria le jeune homme qui servait de second à l'adversaire de Raphaël; tu prends la balle avant la poudre...

— Je suis mort, répondit-il en murmurant. Vous m'avez mis en face du soleil...

— Il est derrière vous, lui dit Valentin d'une voix grave et solennelle.

Et le marquis chargeait son pistolet lentement, ne s'inquiétant ni du signal déjà donné, ni du soin avec lequel l'ajustait son adversaire. Il y avait dans cette sécurité surnaturelle quelque chose de terrible qui saisit même les deux postillons amenés là par une curiosité cruelle. Jouant avec son pouvoir, ou voulant l'éprouver, Raphaël parlait à Jonathas, et le regardait au moment où il essuya le feu de son ennemi. La balle de Charles alla briser le petit saule, et ricocha sur l'eau, tandis qu'il fut atteint dans le cœur par celle de Valentin, qui tira au hasard.

Sans faire attention au jeune homme qu'il venait de tuer, Raphaël chercha promptement sa peau de chagrin pour voir ce que lui coûtait une vie humaine. A peine la trouva-

t-il grande comme une feuille de peuplier.
Alors, une espèce de râle sortit de sa poitrine.

— Eh bien! que regardez-vous donc là,
postillons?... En route!... dit le marquis.

Arrivé le soir même en France, il prit aussitôt la route d'Auvergne, et se rendit aux
Eaux du Mont-d'Or.

Pendant ce voyage, il surgit au cœur de
Raphaël une de ces pensées soudaines qui tombent dans notre âme comme un rayon de soleil
à travers d'épais nuages sur quelque obscure
vallée. Tristes lueurs! sagesses implacables!
elles illuminent les évènemens accomplis,
nous dévoilent nos fautes, et nous laissent
sans pardon devant nous-mêmes.

Valentin pensa tout à coup que la possession du pouvoir, quelque immense qu'il pût
être, ne donnait pas la science de s'en servir.
Le sceptre est un jouet pour un enfant; une
hache, pour Richelieu; et pour Napoléon,

un levier à faire pencher le monde. Le pouvoir nous laisse tels que nous sommes et ne grandit que les grands.

Raphaël avait pu tout faire, il n'avait rien fait.

e
l
f
fi
q
a

XLIX.

Aux Eaux du Mont-d'Or, Raphaël retrouva
ce monde qui, toujours, s'éloignait de lui avec
l'empressement que les animaux mettent à
fuir un des leurs, étendu mort, après l'avoir
flairé de loin. Mais cette haine était récipro-
que. Sa dernière aventure lui avait donné une
aversion profonde pour la société.

Aussi, son premier soin fut-il de chercher un asile écarté aux environs des Eaux. Il sentait instinctivement le besoin de se rapprocher de la nature, des émotions vraies, et de cette vie végétative à laquelle nous nous laissons si complaisamment aller au milieu des champs.

Le lendemain de son arrivée, il gravit, non sans peine, le pic de Sancy, et visita les vallées supérieures, les sites aériens, les lacs ignorés, les rustiques chaumières des Monts-d'Or, dont les âpres et sauvages attraits commencent à tenter les pinceaux de nos artistes. Parfois, en effet, il se rencontre là d'admirables paysages pleins de grâce et de fraîcheur qui contrastent vigoureusement avec l'aspect sinistre de ces montagnes désolées.

A peu près à une demi-lieue du village, Raphaël se trouva dans un endroit où, coquette et joueuse comme un enfant, la nature semblait avoir pris plaisir à cacher des trésors. En voyant cette retraite pittoresque et naïve, Valentin résolut d'y vivre. La vie devait y être tranquille, spontanée, frugiforme comme celle d'une plante.

Figurez-vous un cône renversé, mais un cône de granit largement évasé, espèce de cuvette dont les bords étaient morcelés par des anfractuosités bizarres; présentant ici, des tables droites, sans végétation, unies, bleuâtres et sur lesquelles les rayons solaires glissaient comme sur un miroir ; là, des rochers entamés par des cassures, ridés par des ravins, d'où pendaient des quartiers de lave dont la chute était lentement préparée par les eaux pluviales, et souvent couronnés de quelques arbres rachitiques et penchés que torturaient les vents. Puis, çà et là, des redans obscurs et frais d'où s'élevait un bouquet de châtaigniers hauts comme des cèdres, ou des grottes jaunâtres, montrant une bouche noire et profonde, palissée de ronces, de fleurs, et précédée d'une langue de verdure.

Au fond de cette coupe, l'ancien cratère d'un volcan peut-être, se trouvait un petit étang dont l'eau pure avait l'éclat du diamant. Autour de ce bassin profond, bordé de granit, de saules, de glaïeuls, de frênes et de mille plantes aromatiques alors en fleurs, régnait une prairie verte comme un boulingrin anglais, mais dont l'herbe était fine et jolie, toujours arrosée sans doute par les infiltrations qui ruisselaient brillantes entre les fentes des rochers, et engraissée des dépouilles végétales que les orages entraînaient sans cesse des hautes cîmes vers le fond.

Irrégulièrement taillé en dents de loup comme le bas d'une robe, l'étang pouvait avoir dix arpens d'étendue; et, selon les rapprochemens des rochers et de l'eau, la prairie avait un arpent ou deux de largeur; en quelques endroits, à peine restait-il assez de place pour le passage des vaches.

A une certaine hauteur, la végétation ces-
sait. Alors, le granit affectait dans les airs les
formes les plus bizarres, et contractait ces
couleurs variées, ces belles teintes qui donnent, à toutes les montagnes très-élevées, de
vagues ressemblances avec les nuages du ciel.

Au doux aspect du vallon, ces rochers nus
et pelés opposaient leurs amères beautés : c'é-
taient les images stériles et sauvages de la dé-
solation, des éboulemens à craindre et des
formes si capricieuses que l'une de ces roches
est nommée *le Capucin*, tant elle ressemble à
un moine.

Mais parfois ces aiguilles pointues, ces pi-
les audacieuses, ces cavernes aériennes s'illu-
minaient tour à tour, suivant le cours du soleil ou les fantaisies de l'atmosphère, et prenaient les nuances de l'or, se teignaient de
pourpre, devenaient parfois d'un rose vif, ou
ternes et grises : il y avait dans ces hauteurs
un spectacle continuel et changeant comme

les reflets irisés de la gorge des pigeons.

Souvent, entre deux lames de laves que vous eussiez dit séparées par un coup de ha-che, un beau rayon de lumière pénétrait, à l'aurore ou au coucher du soleil, jusqu'au fond de cette riante corbeille, où il se jouait dans les eaux du bassin, semblable à la raie d'or qui perce la fente d'un volet et traverse une chambre espagnole, soigneusement close pour la sieste.

Puis, quand le soleil planait au-dessus du vieux cratère, rempli d'eau par une révolution antédiluvienne, alors les flancs rocailleux s'é-chauffaient, l'ancien volcan s'allumait, et cette rapide chaleur fécondait la végétation, réveillait les germes, colorait les fleurs, mû-rissait les fruits de ce petit coin de terre ignoré.

Lorsque Raphaël y parvint, il aperçut quelques vaches paissant dans la prairie; et, quand il eut fait quelques pas vers l'étang, il vit, à l'endroit où le terrain avait le plus de largeur, une modeste maison bâtie en granit, mais couverte en bois. Le toit de cette espèce de chaumière en harmonie avec le site était orné de mousses, de lierres et de fleurs qui trahissaient une haute antiquité. Une fumée grêle, dont les oiseaux ne s'effrayaient plus, s'échappait de la cheminée en ruine. A la porte, il y avait un grand banc, placé entre deux chèvrefeuilles énormes, rouges de fleurs et qui embaumaient. A peine voyait-on les murs sous les pampres de la vigne et sous les guirlandes de roses et de jasmin, qui croissaient à l'aventure et sans gêne. Insoucians de cette parure champêtre, les habitans n'en avaient nul soin, laissant à la nature sa grâce vierge et lutine. Des langes accrochés à un groseiller séchaient au soleil. Il y avait un chat accroupi sur une machine à teiller le chanvre; et, dessous, un chaudron jaune, récemment récuré, gisait au milieu de quelques pelures de pommes de terre.

De l'autre côté de la maison, Raphaël aperçut une clôture d'épines sèches, destinée sans
doute à empêcher les poules de dévaster les
fruits et le potager.

Le monde paraissait finir là. Cette habitation ressemblait à ces nids d'oiseaux si ingé-
nuement fixés au creux d'un rocher, bien em-
paillés, pleins d'art et de négligence tout ensemble. C'était une nature naïve et bonne, une
rusticité vraie; mais poétique, parce qu'elle
florissait à mille lieues de nos poésies pei-
gnées, n'avait d'analogie avec aucune idée,
ne procédait que d'elle-même, vrai triomphe
du hasard !...

Au moment où Raphaël arriva, le soleil jetait ses rayons de droite à gauche, et faisait
resplendir les couleurs de la végétation, mettant en relief ou décorant de tous les prestiges de la lumière de toutes les oppositions
de l'ombre, les fonds jaunes et grisâtres des
rochers, les différens verts des feuillages, les

masses bleues, rouges ou blanches des fleurs,
les plantes grimpantes et leurs cloches, le
velours chatoyant des mousses, les grappes
purpurines de la bruyère, mais surtout la
nappe d'eau claire où se réfléchissaient fidèlement les cîmes granitiques, les arbres, la
maison et le ciel.

Dans ce tableau délicieux, tout avait son
lustre, depuis le mica brillant jusqu'à la touffe
d'herbes blondes cachée dans un doux clair-
obscur. L'âme se réjouissait à voir la vache ta-
chetée, au poil luisant, les fragiles fleurs aqua-
tiques étendues comme des franges et pendant au-dessus de l'eau, dans un enfoncement
où bourdonnaient des insectes vêtus d'azur
ou d'émeraude; puis, les racines d'arbres, espèces de chevelures sablonneuses qui couron-
naient une informe figure de cailloux. Les
tièdes senteurs des eaux, des fleurs et des
grottes qui parfumaient ce réduit solitaire,

causèrent à Raphaël une sensation presque voluptueuse.

Le silence majestueux qui régnait dans ce bocage, oublié peut-être sur les rôles du percepteur, fut alors interrompu par les aboyemens de deux chiens. Les vaches tournèrent la tête vers l'entrée du vallon, montrèrent à Raphaël leurs muffles humides, et après l'avoir stupidement contemplé, se remirent à brouter philosophiquement. Suspendus dans les rochers comme par magie, une chèvre et son chevreau cabriolèrent et vinrent se poser sur une table de granit près de Raphaël, en paraissant l'interroger.

Enfin, les jappemens des chiens attirèrent au dehors un gros enfant qui resta béant; puis, vint un vieillard en cheveux blancs et de moyenne taille. Ces deux êtres étaient en rapport avec le paysage, avec l'air, les fleurs et la maison. La santé débordait dans cette nature plantureuse: la vieillesse et l'enfance y étaient belles. Enfin il y avait dans tous ces types d'existence un laisser-aller primodial, une routine de bonheur qui donnait un démenti à nos capucinades philosophiques et guérissait le cœur de ses passions boursouflées.

Le vieillard appartenait aux modèles affectionnés par les mâles pinceaux de Schnetz : c'était un visage brun dont les rides nombreuses paraissaient rudes au toucher, un nez droit, des pommettes saillantes et veinées de rouge comme une vieille feuille de vigne, des contours anguleux, tous les caractères de la force, même là où la force avait disparu; puis, des mains calleuses, quoiqu'elles ne travaillassent plus, conservaient un poil blanc et rare; enfin, une attitude d'homme vraiment libre, qui en Italie serait peut-être devenu brigand par amour pour sa précieuse liberté.

L'enfant, véritable montagnard, avait des

yeux noirs qui pouvaient envisager le soleil
sans cligner, un teint de bistre, des cheveux
bruns en désordre. Il était leste et décidé, naturel dans ses mouvemens comme un oiseau ;
mal vêtu, mais laissant voir une peau blanche
et fraîche à travers les déchirures de ses habits.

Tous deux restèrent debout et en silence,
l'un près de l'autre, mus par le même sentiment, offrant sur leur physionomie la preuve
d'une identité parfaite dans leur vie également
oisive. Le vieillard avait épousé tous les jeux
de l'enfant, et l'enfant, l'humeur du vieillard ;
espèce de pacte, entre deux faiblesses ; entre
une force prête à finir et une force prête à se
mouvoir.

Enfin une femme âgée d'environ trente ans
apparut sur le seuil de la porte. Elle filait en
marchant. C'était une Auvergnate, haute en
couleur, l'air réjoui, franche, à dents blanches, figure de l'Auvergne, taille d'Auvergne,

coiffure, robe de l'Auvergne, seins rebondis de l'Auvergne, et son parler ; une idéalisation complète du pays : mœurs laborieuses, ignorance, économie, cordialité, tout y était.

Elle salua Raphaël ; ils entrèrent en conversation ; les chiens s'apaisèrent ; le vieillard s'assit sur un banc au soleil, et l'enfant suivit sa mère partout où elle alla, silencieux, mais écoutant, examinant l'étranger.

— Vous n'avez pas peur ici, ma bonne femme ?...

— Et d'où que nous aurions peur, Monsieur ? Quand nous barrons l'entrée, qui donc pourrait venir ici ?.... Oh ! nous n'avons point peur !...

D'ailleurs, dit-elle en faisant entrer le marquis dans la grande chambre de la maison, qu'est-ce que les voleurs viendraient donc prendre chez nous ?...

Et elle montrait des murs noircis par la fumée, sur lesquels étaient, pour tout ornement, ces images enluminées en bleu, en rouge et en vert qui représentent la *Mort de Crédit*, la *Passion de Jésus-Christ* et les *Grenadiers de la garde impériale;* puis, çà et là, dans la chambre, un vieux lit de noyer à colonnes; sur la cheminée, des plâtres jaunis et colorés; une table à pieds tordus, des escabeaux, la huche au pain, du lard pendu au plancher, du sel dans un pot, et une poële.

En sortant de la maison, Raphaël aperçut, au milieu des rochers, un homme qui tenait une houe à la main, penché, curieux, et regardait la maison.

— Monsieur, c'est l'homme, dit l'Auvergnate en laissant échapper ce sourire familier aux paysannes; il laboure là-haut.

— Et ce vieillard est votre père?

— Faites excuse, Monsieur : c'est le grand-père de notre homme. Tel que vous le voyez, il a cent deux ans. Eh ben, dernièrement il

a mené, à pied, notre petit gars à Clermont !...
Ça a été un homme fort ; maintenant, il ne fait
plus que dormir, boire et manger. Il s'amuse
toujours avec le petit gars. Quelquefois le
petit l'emmène dans les hauts! Il y va tout
de même...

Aussitôt Valentin se résolut à vivre entre
ce vieillard et cet enfant, à respirer dans leur
atmosphère, à manger de leur pain, à boire
de leur eau, à dormir de leur sommeil, à se
faire de leur sang dans les veines. Caprice de
mourant !...

Devenir une des huîtres de ce rocher, sauver son écaille du néant, engourdir, près de
lui, la mort, fut, pour lui, l'archétype de la
morale individuelle, la religion de la person-
nalité, la véritable formule de l'existence humaine, le beau idéal de la vie, la seule
vie, la vraie vie.

Il lui vint au cœur une profonde pensée

d'égoïsme où s'engloutit l'univers. A ses yeux il n'y eut plus d'univers : l'univers passa tout en lui.

Pour les malades, le monde commence au chevet et finit au pied de leur lit. Ce paysage fut le lit de Raphaël.

L.

Qui n'a pas, une fois dans sa vie, espionné les pas et démarches d'une fourmi, glissé des pailles dans l'unique orifice par lequel respire une limace blonde, étudié les fanataisies d'une demoiselle fluette; admiré les mille veines, coloriées comme une rose de cathédrale gothique, qui se détachent sur le fond rougeâtre des

feuilles d'un jeune chêne? Qui n'a pas délicieusement regardé pendant long-temps l'effet
de la pluie et du soleil sur un toit de tuiles
brunes, ou contemplé les gouttes de la rosée,
les pétales des fleurs, les découpures variées
de leurs calices?.. Qui ne s'est pas plongé dans
ces rêveries matérielles, indolentes et occu-
pées, sans but et menant à quelque pensée?...
Qui n'a pas enfin mené la vie de l'enfance, la
vie paresseuse, la vie du sauvage, moins ses
travaux?...

Ainsi vécut Raphaël pendant plusieurs jours,
sans soins, sans désirs, éprouvant un mieux
sensible, un bien-être extraordinaire qui
calma ses inquiétudes, apaisa ses souffrances.
Il gravissait les rochers, puis allait s'asseoir sur
un pic d'où ses yeux embrassaient quelque
paysage d'immense étendue. Là, il restait des
journées entières comme une plante au soleil,
comme un lièvre au gîte... Ou bien, se fami-
liarisant avec des phénomènes de la végéta-

tion, avec les vicissitudes du ciel, il épiait le progrès de toutes les œuvres, sur la terre, dans les eaux ou dans l'air...

Il tenta de s'associer au mouvement intime de cette nature, et de s'identifier assez complètement à sa passive obéissance, pour tomber sous la loi despotique et conservatrice qui régit les existences instinctives. Il ne voulait plus être chargé de lui-même; et, semblable à ces criminels d'autrefois, qui, poursuivis par la Justice, étaient sauvés s'ils atteignaient l'ombre d'un autel, il essayait de se glisser dans le sanctuaire de la vie. Il réussit à devenir partie intégrante de cette large et puissante fructification : il avait épousé les intempéries de l'air, habité tous les creux de rochers, appris les mœurs et les habitudes de toutes les plantes, étudié le régime des eaux, leurs gisemens, et fait connaissance avec les animaux. Enfin, il s'était si parfaitement uni à cette terre animée qu'il en avait, en quelque

sorte, saisi l'âme et pénétré les secrets. Pour
lui, les formes infinies de tous les règnes
étaient les développemens d'une même substance, les combinaisons d'un même mouvement, vaste respiration d'un être immense
qui agissait, pensait, marchait, grandissait,
et il voulait grandir, marcher, penser, agir
avec lui, comme lui. Il avait fantastiquement
mêlé sa vie à la vie de ce rocher; c'était sa
maison, sa coquille; il s'y était implanté.

Grâce à ce mystérieux illuminisme, conva-
lescence factice, semblable à ces bienfaisans
délires accordés par la nature comme autant
de haltes dans la douleur, Valentin goûta tous
les plaisirs d'une seconde enfance durant les
premiers momens de son séjour au milieu de
ce riant paysage. Il allait y dénichant des
riens, entreprenant mille choses sans en achever aucune; oubliant le lendemain les projets
de la veille; insouciant, musard, il fut heureux et se crut sauvé.

Un matin, il était resté par hasard, au lit, jusqu'à midi, plongé dans cette rêverie mêlée de veille et de sommeille qui prête aux réalités les apparences de la fantaisie, et donne aux chimères le relief de l'existence, quand tout à coup, sans savoir d'abord s'il ne continuait pas un rêve, il entendit, pour la première fois, le bulletin de sa santé donné par son hôtesse à Jonathas, venu, comme chaque jour, le lui demander.

L'Auvergnate croyait, sans doute, Valentin encore endormi, et n'avait pas baissé le diapason de sa voix montagnarde.

— Ça ne va pas mieux, ça ne va pas pire... disait-elle. Il a encore toussé pendant toute cette nuit, à rendre l'âme... Il tousse, il crache, ce cher Monsieur, que c'est une pitié. Je me demandons, moi et mon homme, où il prend la force de tousser comme ça.... Que ça fend le cœur. Quelle damnée maladie qu'il a ?... C'est qu'il n'est point bien, du tout !... J'avons

toujours peur de le trouver crevé dans son lit,
un matin. Il est vraiment pâle comme un Jé-
sus de cire!... Dame, je le vois quand il se
lève, eh ben, son pauvre corps est maigre
comme un cent de clous... Et il ne sent déjà
pas bon tout de même... Ça lui est égal, il se
consomme à courir comme s'il avait de la
santé... Il a bien du courage tout de même de
ne pas se plaindre... Mais, c'est sûr, vraiment,
qu'il serait mieux en terre qu'en pré, vu qu'il
souffre la passion de Dieu!... Je ne le désirons
pas, Monsieur. Ce n'est point notre intérêt....
Mais il ne nous donnerait pas ce qu'il nous
donne que je l'aimerions tout de même : ce
n'est point l'intérêt qui nous pousse.

— Ah ! mon Dieu ! reprit-elle, il n'y a que
les Parisiens pour avoir de ces chiennes de
maladies-là ?... Où qui prennent ça... donc ?...
Pauvre jeune homme, il est sûr qu'il ne peut
guère ben finir... C'te fièvre, voyez-vous, ça
vous le mine, ça le creuse, ça le ruine... Il ne

s'en doute point... Il ne le sait point, Monsieur !... Il ne s'aperçoit de rien... Faut pas pleurer pour ça, M. Jonathas ?... il faut se dire qu'il sera heureux de ne plus souffrir... Vous devriez faire une neuvaine pour lui... J'avons vu de belles guérisons par les neuvaines, et je paierions bien un cierge pour sauver une si douce créature, si bonne... C'est un agneau pascal.

La voix de Raphaël était devenue trop faible pour qu'il pût se faire entendre, il fut donc obligé de subir cet épouvantable bavardage ; mais l'impatience le chassa de son lit ; et, se montrant sur le seuil de la porte :

— Vieux scélérat !... cria-t-il à Jonathas, tu veux donc être mon bourreau !...

La paysanne crut voir un spectre et s'enfuit.

— Je te défends, dit Raphaël en continuant, d'avoir la moindre inquiétude sur ma santé !...

— Oui, M. le marquis... répondit le vieux serviteur en essuyant ses larmes.

— Et tu feras même fort bien dorénavant, de ne pas venir ici sans mon ordre.

Jonathas voulut obéir ; mais, avant de se retirer, il jeta sur le marquis un regard fidèle et compatissant où Raphaël lut son arrêt de mort.

Découragé, rendu tout à coup au sentiment vrai de sa situation, Valentin s'assit sur le seuil de la porte, se croisa les bras sur la poitrine et baissa la tête.

Jonathas effrayé s'approcha de son maître.

— Monsieur ?...

— Va-t-en !..... va-t-en ! lui cria le malade.

Pendant la matinée du lendemain, Raphaël, ayant gravi les rochers, s'était assis dans une crevasse pleine de mousse d'où il pouvait voir le chemin étroit par lequel on venait des Eaux à son habitation. Au bas du pic, il aper-

çut Jonathas conversant derechef avec l'Auvergnate. Une malicieuse puissance lui inter-
préta les hochemens de tête, les gestes désespérans, la sinistre naïveté de cette femme, et
lui en jeta même dans le vent et dans le silence les fatales paroles...

Pénétré d'horreur, il se réfugia sur les plus
hautes cîmes des montagnes et y resta jusqu'au
soir, sans avoir pu chasser les sinistres pensées, si malheureusement réveillées dans son
cœur par le cruel intérêt dont il était devenu
l'objet.

Tout à coup l'Auvergnate elle-même se
dressa soudain devant lui comme une ombre
dans l'ombre du soir ; et, par une bizarrerie de
poëte, il voulut trouver, dans son jupon rayé
de noir et de blanc, une vague ressemblance
avec les côtes desséchées d'un spectre.

— Voilà le serein qui tombe, mon cher
Monsieur.... lui dit-elle. Si vous restez là, vous
vous avanceriez, ni plus ni moins qu'un fruit

patrouillé... Faut rentrer ! Ça n'est pas sain de
humer la rosée, avec ça que vous n'avez rien
pris depuis ce matin...

— Par le tonnerre de Dieu !... s'écria-t-il,
sacrée sorcière, je vous ordonne de me laisser vivre à ma guise !... ou je décampe d'ici...
C'est bien assez de me creuser ma fosse tous
les matins, au moins ne la fouillez pas le
soir...

— Votre fosse !... Monsieur !... Creuser votre fosse !... Où qu'elle est donc votre fosse ?...
Je voudrions vous voir bastant comme notre
père, et point dans la fosse ! La fosse !... Nous
y sommes toujours assez tôt, dans la fosse !...

— Assez !... dit Raphaël.

— Prenez mon bras, Monsieur.

— Non...

Le sentiment que l'homme supporte le plus
difficilement est la pitié quand il la mérite.
La haine est un tonique ; elle fait vivre ; elle
inspire la vengeance ; mais la pitié tue, elle

affaiblit encore notre faiblesse. C'est le mal devenu patelin, c'est le mépris dans la tendresse, ou la tendresse dans l'offense.

Raphaël trouva chez le centenaire une pitié triomphante : chez l'enfant, une pitié curieuse; chez la femme, une pitié tracassière; chez le mari, une pitié intéressée; mais, sous quelque forme que ce sentiment se montrât, il était toujours gros de mort. Un poëte fait, de tout, un poëme, terrible ou joyeux, suivant les images qui le frappent; son âme exaltée rejette les nuances douces, et choisit toujours les couleurs vives et tranchées. Or, cette pitié produisit au cœur de Raphaël un horrible poëme de deuil et de mélancolie.

Il n'avait pas songé sans doute à la franchise des sentimens naturels, quand il désira se rapprocher de la nature.

Quand il se croyait seul sous un arbre et qu'il était aux prises avec une quinte opiniâtre, dont il ne triomphait jamais sans sortir

abattu par cette terrible lutte, il voyait les
yeux brillans et fluides du petit garçon, placé
en vedette sous une touffe d'herbes, comme
un sauvage, et qui l'examinait avec cette enfantine curiosité dans laquelle y a autant de
raillerie que de plaisir, et je ne sais quel intérêt mêlé d'insensibilité.

Le terrible : — *Frère, il faut mourir !...* des
Chartreux, semblait constamment écrit dans
les yeux des paysans avec lesquels vivait Raphaël ; et il ne savait ce qu'il craignait le plus,
de leurs paroles naïves ou de leur silence. Tout
en eux le gênait.

Enfin, un matin, il vit deux hommes vêtus
de noir qui rôdèrent autour de lui, le flairè-
rent et l'étudièrent à la dérobée. Puis, feignant
d'être venus là pour se promener, ils lui adressèrent des questions bannales auxquelles il
répondit brièvement.

Il reconnut en eux le médecin et le curé des
Eaux, sans doute envoyés par Jonathas, con-

sultés par ses hôtes ou attirés par l'odeur d'une mort prochaine.

Alors, il entrevit son propre convoi, il entendit le chant des prêtres, il compta les cierges, et ne vit plus qu'à travers un crêpe les beautés de cette riche nature, au sein de laquelle il croyait avoir rencontré la vie. Tout ce qui naguère lui annonçait une longue existence, lui prophétisait maintenant une fin prochaine.

Le lendemain, il partit pour Paris, après avoir été abreuvé des souhaits mélancoliques et cordialement plaintifs que ses hôtes lui adressèrent.

Ra
vall
poi
rap
por
yeu

LI.

Après avoir voyagé durant toute la nuit, Raphaël s'éveilla dans l'une des plus riantes vallées du Bourbonnais, dont les sites et les points de vue tourbillonnaient devant lui, rapidement emportés comme les images vaporeuses d'un songe. La nature s'étalait à ses yeux avec une cruelle coquetterie.

C'était tantôt une perpective de l'Allier dé-
roulant son ruban liquide et brillant ; puis, des
hameaux modestement cachés au fond d'une
gorge de rochers jaunâtres et montrant la
pointe de leurs clochers ; tantôt les moulins
d'un petit vallon se découvraient soudain
après des vignobles monotones ; et toujours de
rians châteaux, des villages suspendus ou
quelques routes bordées de peupliers majestueux ; enfin, la Loire et ses longues nappes
diamantées reluisirent au milieu de ses sa-
bles dorés... Séductions sans fin !...

La nature agitée, vivace comme un enfant,
contenant à peine l'amour et la sève du mois
de juin, attirait fatalement les regards éteints
du malade.

Il leva les persiennes de sa voiture, et se
remit à dormir.

Vers le soir, après avoir passé Cosne, il fut
réveillé par une joyeuse musique, et se trouva
devant un fête de village. La poste étant si-

tuée près de la place, il vit, pendant le temps que les postillons mirent à relayer sa voiture, les danses de cette population joyeuse, les filles parées de fleurs, jolies, agaçantes, les jeunes gens animés, puis les trognes de tous les vieux paysans, gaillardes et rougies par le vin. Les petits enfans se rigolaient, les vieilles femmes parlaient en riant, tout avait une voix, et le plaisir enjolivait même les habits et les tables dressées. La place et l'église avaient enfin une physionomie de bonheur, et les toits, les fenêtres, les portes même du village semblaient s'être endimanchées aussi.

Semblables aux moribonds impatiens du moindre bruit, Raphaël ne put réprimer une sinistre interjection, ni le désir d'imposer silence à ces violons, d'anéantir ce mouvement, d'assourdir ces clameurs, de dissiper cette fête insolente.

Il monta tout chagrin dans sa voiture. Puis, quand il regarda sur la place, il vit la joie ef-

farouchée, les paysannes en fuite et les bancs
déserts. Sur l'échafaud de l'orchestre, un mé-
nétrier aveugle continuait à jouer une ronde
criarde sur sa clarinette. Cette musique sans
danseurs, ce vieillard solitaire au profil gri-
maud, en haillons, les cheveux épars, et caché dans l'ombre d'un tilleul, était comme
une image fantastique du souhait de Raphaël...

Il tombait à torrens une de ces fortes pluies
que les nuages électriques du mois de juin
versent si brusquement et qui finissent aussitôt.

C'était chose si naturelle, que Raphaël,
après avoir regardé dans le ciel quelques nuages blanchâtres emportés par un grain de
vent, ne songea pas à regarder sa peau de
chagrin. Il se remit dans le coin de sa voiture, qui bientôt roula sur la route.

Le lendemain il se trouva chez lui, dans sa
chambre, au coin de sa cheminée. Il s'était

fait allumer un grand feu ; il avait froid !.....
Jonathas lui apporta des lettres. Elles étaient
toutes de Pauline. Il ouvrit la première sans
empressement, la dépliant comme si c'eût été
le papier grisâtre d'une *sommation sans frais*
envoyée par le percepteur. Il lut la première
phrase :

« Parti !... mais c'est une fuite, mon Ra-
» phaël ? Comment ! personne ne peut me dire
» où tu es... Et si je ne le sais pas, qui donc le
» saurait ?... »

Sans vouloir en apprendre davantage, il
prit froidement toutes les lettres et les jeta
dans le feu, regardant d'un œil terne et sans
chaleur les jeux de la flamme qui tordait le
papier parfumé, le racornissait, le retournait,
le morcelait. Alors des fragmens roulèrent
sur les cendres, çà et là, lui laissant voir des
commencemens de phrase, des mots, des

pensées à demi brûlées, et que, par caprice,
il se plut à saisir dans la flamme; mais c'était
un divertissement machinal et presque invo-
lontaire.

..... Assise à ta porte... — ... attendu. — Caprice... j'obéis... Des rivales... moi ! — non !...
— ta Pauline.... aime..... — plus de Pauline
donc ?... — Si tu avais voulu me quitter, tu
ne m'aurais pas abandonnée... — Amour éternel... — Mourir !

Ces mots lui donnèrent une sorte de remords, il saisit les pincettes et sauva des
flammes un dernier lambeau de lettre.

« ..... J'ai murmuré, disait Pauline, mais je
» ne me suis pas plaint, Raphaël ?.... — En
» me laissant loin de toi, tu as sans doute
» voulu me dérober le poids de quelques cha-
» grins. Un jour, tu me tueras peut-être;

» mais tu es trop bon pour me faire souffrir...
» Eh bien, ne pars plus ainsi. — Va, je puis
» affronter les plus grands supplices, mais
» près de toi.... Le chagrin que tu m'im-
» poserais ne serait plus un chagrin : — j'ai
» dans le cœur encore bien plus d'amour que
» je ne t'en ai montré. — Je puis tout sup-
» porter... hors de pleurer loin de toi, et de
» ne pas savoir ce que tu..... »

Raphaël posa sur la cheminée ce débris
de lettre noirci par le feu; puis, tout à coup
il le rejeta promptement dans le foyer. Ce
papier était une image trop vive de son
amour et de sa fatale vie.

— Va chercher M. Prosper, dit-il à Jonathas.

Prosper vint et trouva Raphaël au lit.

— Mon ami, peux-tu me composer une
boisson légèrement opiacée qui m'entretienne
dans une somnolence continuelle, sans que

l'emploi constant de ce breuvage me fasse mal?

— Rien n'est plus aisé, répondit le jeune docteur ; mais il faudra bien, cependant, rester debout quelques heures de la journée, pour manger.

— Quelques heures! dit Raphaël en l'interrompant. Non, non, je ne veux être levé que durant une heure au plus...

— Quel est donc ton dessein? demanda Prosper.

— Dormir, c'est encore vivre, répondit le malade.

— Ne laisse entrer personne, fût-ce même mademoiselle Pauline de Vitschnau, dit Valentin à Jonathas, pendant que le médecin écrivait son ordonnance.

— Hé bien, M. Prosper, y a-t-il de la ressource? demanda le vieux domestique au jeune docteur qu'il avait reconduit jusqu'au perron.

— Il peut aller encore long-temps, ou mourir ce soir. Chez lui, les chances de vie et de
mort sont égales. Je n'y comprends rien,
répondit le médecin en laissant échapper un
geste de doute. Il faut le distraire.

— Le distraire! Monsieur, vous ne le connaissez pas. Il a tué l'autre jour un homme,
sans dire *ouf!*... On ne le distrait point.

LII.

Raphaël demeura pendant quelques jours plongé dans le néant de son sommeil factice. Grâce à la puissance matérielle exercée par l'opium sur notre âme prétendue immatérielle, cet homme d'imagination si puissamment active s'abaissa jusqu'à la hauteur de ces animaux paresseux qui croupissent au sein des forêts, sous la forme d'une dépouille végétale, sans faire un pas, même pour saisir une facile proie. Il avait même éteint la lumière du ciel. Le jour n'entrait plus chez lui.

Vers les huit heures du soir, il sortait de son lit. Sans avoir une conscience lucide de son existence, il satisfaisait sa faim, puis se recouchait aussitôt. Ses heures froides et ridées ne lui apportaient que de confuses images, des apparences, des ombres sur un fond noir. Il s'était enseveli dans un profond silence, dans une négation de mouvement et d'intelligence.

Un soir, il se réveilla beaucoup plus tard que de coutume, et ne trouva pas son dîner servi.

Sonnant aussitôt Jonathas :

— Tu peux partir, lui dit-il. Je t'ai fait riche ; tu seras heureux dans tes vieux jours ; mais je ne veux plus te laisser jouer ma vie.

Comment, misérable, je suis réveillé par la faim ?... Où est mon dîner ?... réponds ?...

Jonathas, laissant échapper un sourire de contentement, prit une bougie dont la lumière tremblottait dans l'obscurité profonde des immenses appartemens de l'hôtel, et conduisit son maître, redevenu machine, à une vaste galerie dont il ouvrit brusquement la porte.

Aussitôt Raphaël fut inondé de lumière, ébloui, surpris par un spectacle inouï. C'étaient ses lustres d'or chargés de bougies, les fleurs les plus rares de sa serre artistement disposées, une table étincelante d'argenterie, d'or, de nacre, de porcelaines, un repas royal, riche de mets appétissans, tout fumant, et irritant par ses saveurs les houppes nerveuses du palais.

Il vit ses amis convoqués, puis des femmes parées et ravissantes, la gorge nue, les épaules découvertes, les chevelures pleines de fleurs, les yeux brillans, toutes de beautés diverses, et agaçantes sous de voluptueux travestisse-mens. L'une avait dessiné ses formes at-trayantes par une jaquette irlandaise. L'autre portait la basquina lascive des Andalouses. Celle-ci, demi nue en Diane chasseresse, celle-là, modeste et amoureuse sous le costume de mademoiselle de Lavallière, étaient également vouées à l'ivresse. Dans les regards de tous les convives brillaient la joie, l'amour, le plaisir.

Au moment où la morte figure de Raphaël se montra dans l'ouverture de la porte, une acclamation soudaine éclata, rapide, ruti-lante comme les rayons de cette fête impro-visée.

Les voix, les parfums, la lumière, et, près de lui, deux femmes d'une pénétrante beauté frappèrent tous ses sens, réveillèrent son ap-pétit. Puis, une délicieuse musique, cachée dans un salon voisin, couvrit, par un torrent

d'harmonie, ce tumulte enivrant, et compléta
cette étrange vision.

Raphaël se sentit la main pressée par une
main chatouilleuse, une main de femme dont
les bras frais et blancs se levaient pour le
serrer. Alors, il recula d'horreur en comprenant que ce tableau n'était pas vague et fantastique comme les fugitives images de ses
rêves décolorés. Il poussa un cri sinistre,
ferma brusquement la porte et flétrit son vieux
serviteur en le frappant au visage.

— Monstre, tu as donc juré de me faire
mourir ! s'écria-t-il.

Puis, tout palpitant du danger qu'il venait
de courir, il trouva des forces pour regagner
sa chambre, but une forte dose de sommeil et
se coucha.

— Que diable, dit Jonathas en se relevant,
M. Prosper m'avait cependant bien ordonné
de le distraire.

Il était environ minuit, et, à cette heure,

Raphaël, par un de ces caprices physiologiques, l'étonnement et le désespoir des sciences médicales, resplendissait de beauté pendant son sommeil. Un rose vif colorait ses joues blanches; son front, gracieux comme celui d'une jeune fille, exprimait le génie. La vie était en fleur sur ce visage tranquille et reposé. Vous eussiez dit d'un jeune enfant endormi sous la protection de sa mère. Et son sommeil était un bon sommeil, sa bouche vermeille laissait passer un souffle égal et pur. Raphaël souriait, transporté sans doute par un rêve, dans une belle vie. Il était peut-être centenaire; ses petits-enfans lui souhaitaient encore de longs jours; et, de son banc rustique, au soleil, assis sous le feuillage, il apercevait, comme le prophète, en haut de la montagne, la terre promise, dans un bienfaisant lointain.

— Le voilà donc!..

Ces mots, prononcés d'une voix argentine,

dissipèrent les figures nuageuses de son sommeil. A la lueur de la lampe, il vit, assise sur
son lit, sa Pauline, mais Pauline embellie par
l'absence et par la douleur.

Raphaël resta stupéfait à l'aspect de cette
figure blanche comme les pétales d'une fleur
des eaux, et qui, accompagnée de longs cheveux noirs, semblait encore plus blanche dans
l'ombre. Des larmes avaient tracé leur route
brillante sur ses joues, et y restaient suspen-
dues, prêtes à tomber au moindre effort.
Vêtue de blanc, la tête penchée et foulant à
peine le lit, elle était là comme un ange des-
cendu des cieux, apparition qu'un souffle
pouvait faire disparaître.

— Ah! j'ai tout oublié!.... s'écria-t-elle au
moment où Raphaël ouvrit les yeux. Je n'ai
de voix que pour te dire : Je suis à toi! Oui,
près de toi, mon cœur est tout amour. Ah!
jamais, ange de ma vie, tu n'as été si beau.
Tes yeux foudroyent!.. Mais je devine tout,

va!.. Tu as été chercher la santé sans moi, tu me craignais... Eh bien!..

— Fuis!... fuis!..... Laisse-moi, répondit enfin Raphaël d'une voix sourde... Mais va-t-en donc! Si tu restes là, je meurs! Veux-tu me voir mourir?

— Mourir! répéta-t-elle. Est-ce que tu peux mourir sans moi. Mourir! mais tu es jeune! Mourir! mais je t'aime! Mourir!... ajouta-t-elle d'une voix profonde et gutturale.

Elle lui prit les mains par un mouvement de folie.

— Froides! dit-elle. Est-ce une illusion?

Raphaël tira de dessous son chevet le lambeau de la peau de chagrin, fragile et petit comme une feuille de saule, et le lui montrant:

—Pauline, disons-nous adieu...

— Adieu, répéta-t-elle d'une air surpris.

— Oui. Ceci est un talisman ; il accomplit mes désirs, et représente ma vie..... Vois ce qu'il m'en reste... Si tu me regardes encore, je vais mourir...

La jeune fille, cru Valentin devenu fou, prit le talisman, et alla chercher la lampe. Puis, éclairée par la lueur vacillante, qui se projetait également sur Raphaël, elle examina très-attentivement et le visage de son amant et la dernière parcelle de la peau magique.

Mais lui, la voyant ainsi, belle de terreur et d'amour, ne fut plus maître de sa pensée. Alors, les souvenirs des scènes caressantes et des joies délirantes de sa passion triomphèrent dans son âme depuis long-temps endormie, et s'y réveillèrent comme un foyer mal éteint.

— Pauline ! viens !... Pauline !

Un cri terrible sortit du gosier de la jeune fille, ses yeux se dilatèrent ; ses sourcils, violemment tirés par une douleur inouïe, s'écartèrent avec horreur. Elle lisait dans les yeux de Raphaël un de ces désirs furieux, jadis sa gloire à elle; et, à mesure que grandissait ce désir, la peau, en se contractant, lui chatouillait la main...

Sans réfléchir, elle s'enfuit dans le salon voisin, dont elle ferma la porte.

— Pauline! Pauline!... cria le moribond en courant après elle, je t'aime, je t'adore!.... je te veux!... je te maudis, si tu ne m'ouvres!... Je veux mourir à toi!...

Alors, avec une force singulière, dernier éclat de vie, il jeta la porte à terre, et vit sa maîtresse, à demi nue, se roulant sur un canapé. Pauline avait tenté vainement de se déchirer le sein. Pour se donner une prompte mort, elle cherchait à s'étrangler avec son châle.

— Si je meurs, il vivra!... disait-elle.

Et elle tâchait vainement de serrer le nœud.

Ses cheveux étaient épars, ses épaules nues,

ses vêtemens en désordre, et, dans cette lutte avec la mort, les yeux en pleurs, le visage enflammé, se tordant sous un horrible désespoir, elle présentait à Raphaël, ivre d'amour, mille beautés qui augmentèrent son délire.

Léger comme un oiseau de proie, il se jeta sur elle, à ses genoux, brisa le châle et voulut la prendre dans ses bras. Il chercha, dans son gosier, des paroles pour exprimer le désir qui héritait de toutes ses forces, mais il n'y trouva que les sons étranglés du râle, et chaque respiration, creusée plus avant, semblait partir de ses entrailles. Enfin, ne pouvant bientôt plus former de sons, il mordit Pauline.....

—Que demandez-vous, dit-elle à Jonathas, qui, épouvanté des cris, se présenta et voulut lui arracher le cadavre sur lequel elle s'était accroupie dans un coin. — Il est à moi!... je l'ai tué!... Ne l'avais-je pas prédit?...

Pauline riait, et ses yeux étaient secs.

CONCLUSION.

— Et Pauline ?...

— Ah ! Pauline !...

Êtes-vous quelquefois resté, par une douce soirée d'hiver, devant votre foyer domestique, voluptueusement livré à des souvenirs d'amour ou de jeunesse, contemplant les rayures produites par le feu, sur un morceau de chêne ?...

Fantasque, tantôt la combustion y dessine les cases rouges d'un damier, tantôt elle y miroite des velours; puis, tout à coup, de petites flammes bleues courent, bondissent, jouent sur le fond ardent du brasier...

Vient un peintre inconnu, il se sert de cette flamme; et, par un artifice unique, au sein de ces teintes violettes, empourprées et flamboyantes, il trace une figure supernaturelle et d'une délicatesse inouïe... phénomène fugitif que le hasard ne recommencera jamais !...

Oui !... C'est une femme aux cheveux emportés par le vent, et dont le profil respire une passion délicieuse!... C'est du feu, dans le feu ! — Elle sourit... — elle expire !...

Vous ne la reverrez plus!... Adieu fleur de la flamme, adieu principe incomplet, inattendu, venu trop tôt ou trop tard pour être quelque diamant pur. . . . .

. . . .

. . . .

. . . .

. . . .

Place! place! Elle arrive! La voici la reine
des illusions! La femme qui passe comme un
baiser, la femme vive comme un éclair, comme
lui jaillie du ciel et brûlante, l'être incréé,
tout esprit, tout amour. Elle a revêtu je ne
sais quel corps de la flamme; ou, pour elle,
la flamme s'est un moment animée!... Les lignes de ses formes sont d'une pureté désespé
rante. Elle vient du ciel sans doute?... Ne
resplendit-elle pas comme un ange?... Et
n'entendez-vous le frémissement aérien de
ses ailes? Plus légère que l'oiseau, elle s'abat
près de vous, et ses terribles yeux fascinent.

Sa douce et puissante haleine attire vos lèvres par une force magique; mais elle fuit et
vous entraîne, et vous ne sentez plus la terre!...

Vous voulez passer une seule fois votre main chatouillée, votre main fanatisée sur ce corps de neige, froisser ces cheveux d'or, baiser ces yeux étincelans. Une vapeur vous enivre, une musique enchanteresse vous charme... Vous tressaillez de tous vos nerfs, vous êtes tout désir, toute souffrance... O bonheur sans nom!... Vous avez touché les lèvres de cette femme!... Tout à coup une atroce douleur vous réveille!...

— Ah! ah! votre tête a porté sur l'angle de votre lit!... Vous en avez embrassé l'acajou brun, les dorures froides, quelque bronze, un amour en cuivre!...

. . . .

. . . .

. . . .

. . . .

Par une belle matinée, en partant de Tours, un jeune homme embarqué sur *la Ville-d'Angers*, tenant en sa main la main d'une

jolie femme, admira long-temps, au dessus
des larges eaux de la Loire, une figure ravissante et blanche, artificiellement éclose au
sein du brouillard comme un fruit des eaux
et du soleil, des nuées et de l'air; sylphide,
ondine tour à tour; mais les pieds agiles et
voltigeant dans les airs comme un mot vainement cherché, qui est dans la pensée sans se
laisser saisir... L'inconnue était entre deux
îles, elle agitait sa tête à travers des peupliers; puis, devenue longue et gigantesque,
elle faisait resplendir les mille plis de sa robe,
ou briller l'auréole décrite par le soleil autour
de son visage. Elle planait sur les hameaux,
sur les collines les plus voisines, et semblait
défendre au bateau à vapeur de passer devant
le château d'Ussé Vous eussiez dit la Dame
des Belles Cousines protégeant son pays....

. . . .

— Bien, je comprends! Mais Fœdora?...

— Oh ! Fœdora !... Vous la rencontrerez !...
Elle était hier aux Bouffons, elle ira ce soir
à l'Opéra !...

FIN DE LA PEAU DE CHAGRIN.

DE BALZAC

LA PEAU
DE CHAGRIN

2